KB266147

악인은 없다   이동희 장편소설

청어
도서출판

끝없이 지하로 내려간 것처럼 느껴졌는데
방 안에 창문이 있는 것을 보고
그게 아니었음을 깨달았다
세로로 길고 열리지도 않아
바깥을 가늠할 수 조차 없는 작은 창

악은 사람의 얼굴을 하지 않는다.
자신에게도 이해 받지 못한 그림자들이다.

악인은 없다

이동희 장편소설

악인은 없다

이동희 장편소설

작가의 말

　마음이 단단하고 심지가 곧은 사람을 동경하고 그들처럼 되고 싶었지만, 나는 풍경(風磬)에 달린 물고기처럼 작은 바람에도 볼품없이 흔들리는 사람이었다. 자주 길을 잃었고, 돌아오기까지 오래 걸리곤 했다. 인생은 언제나 앞으로 나아가야 하는 것인 줄 알았지만, 나는 돌아갔던 길들, 내가 창피해하고 후회했던 그 순간들로 인해 인생에서 가장 자랑스러운 순간들을 만끽한다. 그래서 이제는 안다. 길을 잃은 듯 보이는 사람들, 돌아가고 있는 것처럼 느끼는 사람들. 언젠가 자신도 모르는 방식으로 삶을 지탱하는 힘을 얻게 될 것을. 나의 비루한 경험이 지금 같은 자리에서 있다고 느끼고, 이로 인해 자책하며 괴로워하고 있는 누군가에게, 잠시 숨을 고를 수 있는 한 줄기 위로가 되기를 소망한다.

―감사의 마음을 담아, 고양시에서―

차례

남
영
동

＊＊＊

　차가운 물이 콧속과 입속으로 밀려들었다. 무릎은 시퍼렇게 멍이 들 정도로 타일 바닥을 짓누르고 있었고, 두세 명의 손이 머리와 목을 강하게 붙들고 있었다. 물속에서 허우적대며 비명을 지르고 싶었지만 거친 물소리만 터져 나왔다. 눈이 벌겋게 충혈되고 귀에 물이 차올라 세상에서 점점 멀어진다.

　그 순간 순호가 비명을 지르며 몸을 일으켰다. 심장은 여전히 제멋대로 뛰고 있었고, 젖은 옷이 등에 달라붙어 있었다. 침대 시트마저 물에 적신 듯 축축했다. 그는 반사적으로 손을 뻗어 침대 옆에 두었던 송곳을 움켜쥐었다. 그의 손에서 심장 박동과 같은 주기로 무엇인가 쿵쾅대며 뛰고 있었다. 방 안은 고요했으나, 귀 한쪽에서는 여전히 파리 날갯짓 같은 앵앵거림이 맴돌았다. 눈을 질끈 감았다가 다시 뜨며 땀에 젖은 얼굴을 닦았다. 꿈과는 반대로 목이 타들어 가듯 말라 있었다. 주전자에 차가운 물을 벌컥벌컥 마시며 타는 듯한 속을 진정시키려고 노력했지만 큰 수확은 없었다.

그는 주전자를 바닥에 내려놓고는 멍하니 주위를 둘러보았다. 주전자 옆 테이블 위엔 언제 먹었는지 모를 캔, 그 안에는 음식이라 부르기도 애매한 무언가가 놓여 있었다. 말라붙은 표면에는 희끗희끗 곰팡이가 피었고, 그로 인해 코끝에 쿰쿰한 냄새가 들어와 순호의 인상을 찌푸리게 했다.

'삐삐삐—'

휴대전화 벨소리에 순호가 뒤를 돌아보았다.

정 소장으로부터 걸려온 전화였다.

"네, 여보세요."

순호는 목을 가다듬고는 낮게 말했다.

"소장이에요."

금방 잠에서 깬 것 같은 정 소장의 목소리가 들려왔다.

"뭐하고 계셨어요."

"그냥 집에 있었습니다."

"오늘 별다른 일 없으세요?"

"네… 그렇죠."

둘 사이에 어색한 정적이 흘렀다. 순호는 머리를 긁적이며 조심히 물었다.

"무슨 일 있으세요?"

"김 기사가 갑자기 펑크를 냈거든요?"

정 소장은 잠시 뜸을 들이더니, 순호가 입을 떼기 전에 말을 이어갔다.

"박 기사가 대신 가주면 좋겠는데. 간단한 일이에요. 큰 가구 몇 개."

"예, 위치가 어디죠?"

"상암동에서 물건 싣고, 고양시로 가야 돼요."

"아, 고양시요."

"고양시 화전동이란 곳인데. 상암 바로 옆이에요."

화전동. 그 단어가 귓속에서 메아리처럼 반복됐다. 순간 순호의 목이 저릿하게 조여들었다.

"여보세요? 말 안 들려요?"

몇 초가 지난 듯했다. 정 소장의 짜증 섞인 목소리에 순호는 급히 정신을 부여잡았다.

"아, 아닙니다. 주소 보내주세요."

전화를 끊고 바닥에 널브러져 있는 구깃구깃한 티셔츠 한 벌과 얇은 패딩을 입고, 헐렁한 모자를 깊게 눌러썼다. 마지막으로 패딩 위에 낡은 작업 조끼를 걸쳤다.

그는 집을 나서기 전, 침대 앞에서 잠시 서성였다.

손을 허공에 잠시 머물다, 머리맡에서 송곳을 주워들고는, 그것을 조끼 안주머니 깊숙이 밀어 넣었다. 늘 지니고 다니던 것임에도 몸에 닿는 날카로운 감촉이 등골을 서늘하게 했다.

숨을 고른 순호는 현관 문고리를 붙잡그 잠시 작은 한숨을 내쉬었다.

―"넌 진짜 멍청한 놈이다."

머릿속에 축축한 목소리 하나가 스쳐 지나갔다.

순호는 두 눈을 질끈 감고, 자신이 어디로 가고 있는지, 생각하지 않으려 애썼다.

집을 나와서는 신발에 눈을 떼지 않고 차를 향해 걸었다. 낡은 포터에 시동이 걸리자 덜컹거리는 소리와 함께 기침을 토해냈다. 순호는 창문을 반쯤 열어놓고 담배에 불을 붙였다. 곧 담배 연기와 매연이 섞인 차가운 공기가 차 안을 가득 채웠다.

상암까지는 한 시간 남짓 걸렸다. 현장인 아파트에 도착해, 순호는 정 소장에게 받은 문자를 여러 번 확인했다.

마침 여자 두 명이 아파트 입구에 나와 있었다. 한 명은 고등학생처럼 보였고, 나머지 한 명이 엄마로 크였다. 포터를 멈추고 조수석 쪽 창문을 열고 말을 건넸다.

"용달 부르셨죠?"

“왜 이렇게 늦어요? 애 아빠 오기 전에 끝내야 하는데…”

엄마로 보이는 여자가 얼굴을 찌푸렸다.

순호는 모자를 더 눌러 쓰고 차에서 내려 그들 앞으로 가 낮은 목소리로 대답했다.

“원래 오기로 한 기사가 펑크를 내서요… 죄송합니다.”

여자는 순호의 말을 무시하고 따지듯 되물었다.

“물건은 방 안까지 넣어주는 것 맞죠?”

“네. 맞습니다.”

“알겠어요, 돈은 끝나면 드릴게요. 여기로 들어오세요.”

아파트 로비로 들어가 엘리베이터를 타고 13층에 있는 그들의 집으로 들어갔다. 현관문 바로 앞에 있는 방 안에는 포장된 박스 여러 개와 가구들이 있었다. 짐들은 겉으로 보기에 그리 많아 보이지 않았지만, 막상 손을 대니 얘기가 달랐다. 묵직한 책상, 삐걱대는 의자, 작은 소파까지… 어느 하나 가볍게 옮길 수 있는 것이 아니었다.

“짐 다 싣고 전화 드릴게요. 그때 내려오시면 돼요.”

순호는 팔과 어깨에 힘줄이 불거지도록 힘을 주며 짐을 번쩍 들어 올렸다. 엘리베이터로 집을 다섯 번 오르락내리락한 뒤에야 물건을 전부 다 실을 수 있었다. 금세 몸이 땀에 젖었지만, 억지로 휘파람을 불며 트럭 짐칸을 잠근 뒤, 주머니에서 휴대전화를 꺼냈다.

"다 실었습니다. 내려오시면 돼요."

전화를 마치고 순호는 담배 한 개비를 꺼내 입에 물었다. 하늘은 비가 오려고 하는지, 잿빛 구름이 몰려오고 있었다.

곧 아파트 로비 문이 열리고 여자와 딸이 상자를 들고 내려왔고, 그 뒤를 이어 한 남자가 옆구리에 짐을 끼고 따라붙었다.

"아이고, 이게 빠졌네요."

그러고는 짐칸 옆에 와 상자를 내려놓았다. 순호는 담배를 급히 끄고 짐을 받아 들었다. 순간 남자의 얼굴이 굳어졌다. 순호도 고개를 들어 그 얼굴을 보자마자 동작을 멈췄다. 이마의 땀방울이 눈을 스치고 떨어지는 와중에도 순호는 눈을 감을 수 없었다.

"…정우?"

남자의 눈에도 놀라움이 번졌다. 오랜 세월이 흐른 듯, 주름진 얼굴에 나이의 흔적이 고스란히 드러나 있었지만, 그 표정만큼은 예전 그대로였다.

"박순호…?"

긴 침묵이 두 사람을 가로질렀다. 뒤에서 엄마와 딸은 영문도 모른 채 서로 눈치를 보았고, 포터 엔진이 덜덜거리며 울리는 소리와 두 사람의 입김만이 그 사이를 메우고 있었다. 오래된 기억이 파문처럼 일어났다. 절대 기억하고 싶지 않았던 그날들이 순호의 몸속을 긁어대는 기분이었다.

1985년 그날의 기억이…

창문 틈새로 매연이 스며들어 목이 따갑고, 낡은 버스에서는 남녀노소의 땀 냄새가 눅눅하게 배어 있고, 덜컹거리는 소리와 아무도 듣지 않는 것 같은 라디오 소리만이 들려왔다.

'1985년 8월 1일 소식입니다. 치안 당국은 범죄를 예방하고 국민을 보호할 책무가 있다고 말하였습니다.'

순호는 창가에 앉아 밖을 바라보다, 정우에게 받은 편지를 주머니에서 꺼내 들고 다시 한번 내용을 확인했다.

"면회 오면, 근처에서 외박할 수 있다. 오랜만에 술 한잔할 수 있으니까 꼭 와줬으면 한다."

그 문장을 다시 읽은 순호는 기분 좋은 미소를 띠었다.

순호 아버지는 오래전 결핵으로 세상을 떠났다. 가난한 사람들에게 흔히 찾아오는 병이었다. 약이 없는 것도 아니었지만 병원비와 약값을 감당할 수 없었고, 그 무력함에 담배를 입에 달고 살았다. 결국 그는 피를 토하다 쓸쓸히 눈을 감았다. 몇 해 지나지 않아 어머니마저 같은 병으로 쓰러졌다.

순호의 나이 고작 열일곱이었다.

부모가 세상을 떠난 뒤, 기댈 곳도, 챙겨줄 친척도 없었다. 냉정한 시대였다. 학교는 끝까지 다니라는 어머니의 마지막 말을 지키기 위해, 낮에는 수업을 듣고 밤에는 공장에서 일하며 겨우 버텨내고 있었다.

그런 순호에게 점심마다 도시락을 나눠줬던 사람이 바로 정우였다. 그의 집은 유복했다. 아버지는 직원 삼백 명이 넘는 공장의 주인이었고, 동네에서도 인망이 두터웠다. 정우가 순호의 사정을 집에 알리자 부모님은 기꺼이 순호를 도와주기로 했다. 매일 도시락을 챙겨주고 가끔 정우를 통해 생활비를 전달해 순호가 학교를 졸업할 수 있도록 도와주었다.

순호에게 정우는 친구이자, 은인이었다.

그런 정우가 면회를 오라 했을 때, 순호는 망설이지 않았다. 비록 그가 군대에 관해서 아는 게 전혀 없고, 다음 날 새벽 다시 공장에 출근해야 하는 상황이었지만 순호는 상관없었다.

버스는 자주 멈췄다. 사람들이 내리고 타는 동안, 순호는 창밖을 멍하니 바라봤다. 포장마차는 장사 준비에 분주했고, 학생들은 교복 바지를 질질 끌며 뛰어다녔다. 장사꾼은 손수레 위에 냉차를 유리병에 담아 팔고 있었다.

도심의 풍경이 조금씩 멀어지자, 창밖에는 낯선 장면들이 펼쳐졌다. 군부대 방향을 알리는 표지판, 군인들을 실은 트럭들이 연이어 스쳐 지나갔다.

순호는 목을 움츠리며 창밖을 응시했다.

버스는 몇 번의 굽이길을 돌다 작은 정류장에 멈췄다.

"화전 군부대요!"

버스기사 목소리가 버스에 울려 퍼지자, 순호는 서둘러 몸을 일으켰다. 버스정류장엔 파라솔을 펼쳐놓고 담배를 피우는 중년 남자가 있었다. 순호는 다가가 머뭇거리며 물었다.

"저… 군부대 정문은 어디로 가야 합니까?"

남자는 담뱃재를 툭 털며 손가락으로 맞은편 언덕길을 가리켰다.

"저기 끝까지 가서 돌아. 그러면 바로야."

순호는 고개를 끄덕이며 발걸음을 옮기려 했다. 그러다 문득 멈춰 섰다. 등을 돌린 채 잠시 망설이다가, 다시 고개를 돌려 물었다.

"저, 그런데… 내일 아침 첫차는 몇 시에 있습니까?"

남자는 잠시 생각하더니 대답했다.

"첫차? 글쎄… 여긴 워낙 차가 드물어서, 일곱 시 반이나 돼야 나갈 걸."

순호의 눈썹이 순간 찡그려졌다.

남자가 가르쳐준 길을 따라 코너를 돌자 군부대 정문이 바로 보였다. 정문 앞 초소에는 총을 멘 병사가 서 있었다. 순호가 다가가자 병사는 철모를 눌러쓰고는 무표정하게 손을 내밀었다.

"면회 오셨습니까? 신분증 주십시오."

순호는 지갑에서 주민등록증을 꺼내 내밀었다. 병사는 한참 들여다보다가 물었다.

"면회 대상자 소속 계급, 이름이 어떻게 되십니까."

순호는 그 말에 구겨진 편지를 꺼내 급하게 피기 시작했다.

"김정우… 이병입니다. 소속은 잘…"

"김정우면 서울대 다니는 김정우?"

퉁명스럽던 병사는 살짝 웃으며 신분증을 돌려주었다.

"아 맞습니다. 서울대 다니고 키도 엄청 큰…"

"운이 좋으시네. 우리 분대 후임이에요. 면회 오면서 소속도 모르고 오시면 어떡합니까."

순호는 어색하게 고개를 끄덕이고는 편지를 다시 접어 주머니에 넣었다.

"예, 그러게요… 죄송합니다."

병사는 손바닥을 펴서 옆에 있는 한 막사를 가리켰다.

"저 건물 보이시죠? 위에 면회 대기실이라고 써 있는, 저기 가서 기다리시면 됩니다."

순호는 천천히 발걸음을 옮겼다.

"잠깐만요."

뒤에서 초소병의 목소리가 그를 불러세웠다. 순호는 움찔하며 뒤돌아섰다.

"책이나 잡지 같은 거 들고 오신 거 있어요?"

순호는 어깨에 걸친 가방도, 손에 든 봉지도 없었다. 허전할 정도로 빈손이었다. 그는 두 손을 천천히 들어 보이며 말했다.

"없습니다."

병사는 그를 위아래로 훑어보았다. 짐이라곤 정말 하나도 없는 것을 확인하고는 고개를 끄덕였다.

"그럼 들어가십시오."

대기실 안에는 이미 몇몇 사람들이 앉아 있었다. 아들을 보러 온 듯한 부모들, 어린아이를 데리고 온 젊은 아내, 손에 과일 상자를 든 노부부까지. 모두 묵묵히 시간을 보내고 있었다. 작은 라디오에선 낮 뉴스가 흘러나왔고, 벽에는 '멸공통일'이라는 문구가 붙어 있었다.

순호는 구석 자리에 앉아 어색한 듯, 두 손을 무릎 위에 가지런히 올렸다. 창밖으로 보이는 막사들을 보며 그는 깊게 숨을 내쉬었다.

시간이 얼마나 흐른 건지 확인하려 벽에 걸린 시계를 올려다본 순간, 삐걱 소리와 함께 문이 열리더니 정우가 들어왔다. 짧게 깎은 머리와 햇볕에 그을린 피부가 그가 이곳에서 얼마나 고생했는지를 말해주고 있었지만, 여전히 훤칠한 인상은 감춰지지 않았다. 단정히 여민 군복은 넓은 어깨와 긴 팔다리를 오히려 더 돋보이게 했다.

"정우야, 여기야, 여기!"

순호가 반가운 기색을 감추지 못하고 소리를 크게 높였다. 최근 그가 낸 목소리 중에 가장 컸을 것이다. 그런 순호를 발견하고 정우는 서둘러 손을 흔들며 입술을 가리켰다.

"쉿, 조용히 해."

목소리도 낮추어 깔았다. 그러면서도 입가에는 어쩔 수 없는 웃음이 번졌다. 둘은 마주 앉아 한동안 소소한 이야기를 나눴다. 집에서 온 편지는 받았는지, 휴가 때 무엇을 할 건지, 시시콜콜한 얘기였다. 원래 호탕한 성격이던 정우가 중간중간 터져 나오려는 큰 웃음을 애써 삼키며 어깨를 움찔거렸다.

"왜 이렇게 눈치를 봐?"

정우의 모습이 낯설게 느껴진 순호가 굴었다.

"고참들한테 찍히니까 그렇지."

"네가 뭐 잘못한 게 있다고."

"원래 이등병이 외박을 나가는 일은 없게."

정우가 입을 가리며 속삭이듯 말했다.

"아버지가 힘을 쓰셨겠지."

순호도 괜히 눈치를 보며 말을 덧붙였다.

"아버지가 그럴 사람이냐?"

정우는 작게 웃으며 고개를 저었다.

"몰라. 몰라. 여튼 부잣집 아들이네. 빽이 있네. 그런 말 돌면 찍히는 거야. 목소리 좀 낮춰."

순호가 그런 정우를 보면서 대답 없이 웃었다. 예전 정우의 모습이 보이는 듯했다.

"너는 그때 신발 공장일 아직도 해?"

"어… 그냥 하는 거지. 오래했잖아."

순호가 한숨을 쉬며 대답하자, 정우는 눈치를 보고 주제를 바로 바꾸어 이야기를 이어나갔다.

"여튼, 외박을 나가야 되는데. 누나 일본 유학 때문에 부모님 두 분 다 못 오신다는 거야. 너 때문에 살았다."

"외박 나가면 뭐가 제일 하고 싶은데?"

"나는 일단 책도 읽고 싶고, 신문도 보고 싶고 그래."

"책은 무슨 책? 술 마시고 싶은 게 아니고?"

정우는 눈치를 보듯 잠시 고개를 흔들고는 낮게 말했다.

"그런 말도 좀 하지 말고. 얼른 나가야겠다."

순호는 소리를 죽이며 피식 웃었다. 한편으로 지금까지 봤던 자유로운 정우가 아닌 뭔가 억눌려 있는 그의 모습이, 쓸쓸하게 느껴졌다.

정우는 외박 허가증을 들고 순호와 함께 부대를 나섰다. 좁은 길을 따라 내려와 버스가 지나왔던 길을 반대로 걸어 읍내 쪽으로 가자 낡은 간판이 삐걱거리는 여관이 눈에 들어왔다. 안에 계산대에는 구부러진 허리의 노인이 앉아 있었다. 낡은 장부를 넘기던 그는 두 사람을 흘끗 쳐다보더니, 손바닥을 내밀었다.

"외박증 좀 보여줘."

그의 말에 순호가 의아한 표정을 지었다.

"네? 그걸 왜 여기서…"

노인은 무표정하게 담배를 입에 물고, 성냥을 켜 불을 붙였다.

"싫으면 나가던가 알아서 해."

말문이 막힌 순호는 고개를 돌렸다. 입술만 우물거렸을 뿐 대답은 나오지 않았다. 정우가 곁에서 한숨을 쉬듯 말했다.

"괜찮아."

정우는 군복 주머니에서 접힌 외박증과 현금을 꺼내 건넸다. 노인은 주름이 자글자글한 손으로 정우의 외박증을 받아들더니, 한참을 들여다보다, 고개를 끄덕였다.

"방은 저기 끝방 쓰면 돼, 시끄럽게 하지 말어."

외박증을 돌려받으며 정우는 작은 웃음을 지었다. 하지만 순호는 못마땅하다는 듯 투덜거렸다. 정우는 그의 어깨를 두드리며 속삭였다.

"이 동네에서 군인이 나서봤자 좋을 거 하나 없어."

순호는 대꾸하지 않았지만, 표정은 여전히 떨떠름했다. 그렇게 둘은 삐걱거리는 마루를 지나 방문을 열었다.

방은 작고 허름했지만, 옷장에는 둘이 몸을 뉘일 수 있는 요와 이불이 있었고 희미한 형광등이 깜빡였다.

정우가 군복 상의를 벗어 의자에 걸며 말했다.

"잠깐 쉬었다가 저녁에 시내 나가자. 나 신문 좀 보고 싶어. 군대에서는 밖에 세상 돌아가는 걸 알 수가 없단 말이야.”

순호는 신발을 벗고 요를 펴지 않은 채로 누웠다.

“밖에 별일 없어 우리 공장에 신문 여러 개 오는데 내용이 다 비슷해.”

정우는 한숨을 쉬며 말했다.

“그게 다 보도지침 때문 아니야. 신문사들이 다 받아쓰기하니까 그렇지, 이따가 네가 신문 사줘 알겠지?”

“알겠어. 조금만 쉬다가 나가자.”

순호는 작게 대답하고 몸을 옆으로 돌렸다. 눈꺼풀은 이미 무겁게 내려앉아 있었다. 낮 동안의 긴장과 먼 길의 피로가 겹쳐 대화는 길게 이어지지 않았다. 그는 이불도 덮지 않은 채 금세 숨소리를 고르게 내뱉기 시작했다.

눈을 뜬 순호는 시간이 꽤 지났음을 느꼈다. 형광등은 켜져 있었지만 희미한 불빛이 벽지의 얼룩만 더 뚜렷하게 드러냈다. 순호는 뒤척이다가 문이 열리는 소리에 완전히 눈을 떴다. 삐걱거리는 소리와 함께 정우가 들어왔다.

손에 든 검은 비닐봉지 속 유리병들이 바닥에 닿는 소리가 방 안을 잠시 메웠다. 순호는 눈을 비비며 일어나 앉았다.

“지금 몇 시야? 너 어디 갔다 온 거야?”

목소리는 반쯤 잠긴 상태였다.

"여섯 시야. 너가 곤히 자서 나 혼자 다녀왔어."

정우가 대답하며 군모를 벗어 의자에 걸었다.

"술이랑 안줏거리 좀 사 왔다."

순호는 무심히 봉지를 흘긋 바라봤다. 검은 비닐 안쪽에서 소주병이 빛을 받아 반짝거렸다. 그는 정우가 나가며 자신에게 덮어준 이불을 한쪽으로 치우며 일어났다.

정우는 품에 숨겨놨던 신문을 꺼내 방 귀퉁이에 놓고 소주병 뚜껑을 따더니 투박한 유리잔에 소주를 들이부었다. 술이 잔에 부딪히는 소리가 좁은 방 안을 채웠다. 안주라고 해봐야 마른오징어가 전부였다. 하지만 둘은 상관없다는 듯 잔을 부딪치며 들이켰다.

"캬아…"

정우가 잔을 내려놓으며 숨을 길게 내뱉었다.

"얼마 만에 술이냐, 죽인다."

순호는 웃으며 한 잔 더 따랐다. 얼굴이 벌써 붉게 달아오르고 있었다. 잔이 몇 번 오가자, 그는 문득 눈길을 돌려 구석에 놓인 신문을 흘깃 바라봤다.

"안에서… 신문을 못 보게 해?"

순호가 조심스럽게 물었다. 정우는 잠시 술잔을 굴리다, 고개를 끄덕였다.

"세상 돌아가는 일, 잘 모르게 하지. 군바리들은 그냥 훈련만

하다 끝나는 거야."

순호는 잠시 침묵하다가 낮게 말했다.

"봐도 재미도 없는 걸 외박 나와서까지 보려고 하니? 보지 말라고 하면 안 보면 그만이지."

정우가 피식 웃으며 잔을 기울였다.

"세상이 어떻게 돌아가는지는 알아야지."

"요즘 살기가 얼마나 좋은데. 월급도 올랐다고."

"살기가 좋아?"

정우가 말을 끊었다. 그의 시선이 살짝 날카로워졌다.

"너가 법을 몰라서 그런 멍청한 말을 하는 거야, 월급 오르면 다야?"

순호는 순간 말이 막혔다. 정우의 눈빛은 진지했고, 방 안 공기는 술기운에도 불구하고 차갑게 식어버렸다.

순호는 잔을 내려놓으며 말했다.

"그래, 나는… 그런 거 잘 몰라 그냥 공장에서 월급도 오르고 해서…"

정우는 대답 대신 잔을 채우며 시선을 피했다.

방 안은 꽤 오랫동안 적막에 잠겼다. 술잔 사이로 마른오징어 서걱거리는 소리만 간간이 흘렀다. 서로의 눈길을 맞추지 않고 잔끼리 부딪히는 소리만 방 안에 흩어지길 여러 번 반복했다.

어색한 시간이 길어지자, 정우가 술잔을 내려놓고 마른오징어 조각 하나를 들고 순호를 향해 흔들며 말했다.

"오징어는 튀김인데."

순호는 고개를 들어 그를 바라봤다. 정우는 이를 내려놓고 다시 잔을 들고는 말을 이어갔다.

"기억나? 수업시간에 몰래 나가서 가던 분식집. 진짜 맛있었잖아…"

순호의 입가에 미세한 웃음이 번졌다.

정우는 입안에 소주 한 모금을 밀어 넣고는, 멍하니 웃다가 이내 진지한 눈빛으로 순호를 바라봤다.

"내가 입대하기 전에 거기 혼자 가봤거든. 근데 이상하게 맛이 변한 거야. 우리가 먹던 그 맛이 아니더라고."

순호는 대꾸 대신 자신의 잔에 소주를 가득 채웠다. 술을 한 번에 털어 넣고는 입술을 훔치며 천천히 말했다.

"난 사실… 너가 분식집 가자고 할까 봐 맨날 불안했었어."

정우가 놀란 듯 눈을 깜빡였다. 순호는 고개를 숙인 채 말을 이었다.

"가면 네가 살 거 뻔히 아는데, 맨날 얻어먹긴 미안하지. 빌어먹을, 그 오징어 튀김…"

"오징어 튀김이 너무 맛있었단 말이지…"

순호는 고개를 들어 잔을 다시 채우며 피식 웃었다.

"나는 최근에 가서 먹어봤는데 아직도 맛있더라. 넌 좋은 음식 많이 먹다 보니까 그렇게 느껴진 거지. 맛은 그대로야,"

정우는 순간 아무 말도 하지 못했다. 술잔을 만지작거리며 눈을 피했지만, 입가에 어색한 미소가 번졌다. 두 사람 사이에 잠깐 고요가 흘렀으나, 순호가 본인의 잔을 들자, 정우도 잔을 들고 가볍게 부딪히며 말했다.

"미안해. 내가 실언했어."

그제서야 두 사람은 시시콜콜한 이야기를 나누며 술을 마셨다. 잠시 두 사람 사이에서 날카롭게 부딪히던 기운은 흔적도 없이 사라졌다. 웃음이 잠시 잦아들면 정우는 소주병을 기울여 빈 잔을 채웠고, 순호는 목구멍을 열어 그것을 그대로 넘겼다. 한동안은 과거와 현재가 뒤섞여, 대화 주제가 바뀔 때마다 군부대 근처 허름한 여관방, 분식집, 운동장을 옮겨 다니는 기분마저 들었다.

순호가 무심코 시계를 흘끗 보았다.

시계 바늘은 어느새 열 시를 가리키고 있었다. 순호가 천천히 자리에서 몸을 일으켜 기지개를 켰다.

"열 시네… 나 이제 버스 타고 가야겠다. 내일 출근해야 돼."

정우가 눈을 크게 뜨며 술잔을 내려놓았다.

"간다고? 자고 가는 게 아니고?"

순호는 고개를 저었다.

"첫차가 너무 늦어. 가야 돼."

정우는 잠시 그 말을 곱씹더니 피식 웃었다.

"소주 세 병을 넘게 마셨는데, 집에 갈 수 있어?"

대꾸하지 않고 짐을 챙기는 순호의 모습을 보고, 정우는 하품을 한 번 크게 내뱉으며 기지개를 켰다.

"나도 졸려서 더 있어도 놀지는 못하겠다."

그런 정우를 바라보며 순호는 벗어놨던 양말을 신었다. 그때, 귀퉁이에 놓여진 신문이 그의 눈에 들어왔다. 순호는 그것을 집어 들었다. 술기운이 남아 장난기가 발동한 듯, 일부러 정우 쪽으로 흔들며 말했다.

"보지 말라는 건 보지 마라! 알았지?"

그러더니 웃음 섞인 목소리를 남기고선 순식간에 신문을 왼쪽 품에 안았다. 정우가 눈이 휘둥그레져 소리를 질렀다.

"야, 그거 가져가면…"

하지만 말이 채 끝나기도 전에, 순호는 방문을 벌컥 열고 나가 버렸다. 좁은 마루에 발소리와 삐걱대는 소리가 탁탁 울렸다. 술 냄새가 입안에 잔뜩 맴도는 가운데, 여관 둔을 열고 바람을 맞으며 곧장 버스 정류장으로 달려갔다. 술기운이 남아 비틀거렸지만, 발걸음은 한없이 가벼운 듯 서둘렀다. 멀리서 정우의 목소리가 따라오는 듯했으나, 금세 바람에 흩어져 버렸다.

정류장이 눈앞에 보일 즈음, 순호는 품에서 신문을 꺼냈다. 뜻 밖에도 신문은 무엇인가를 포장하기 위한 도구였고 안에는 책처럼 두툼한 것이 숨어 있었다.

순호는 잠시 걸음을 멈추고 그것을 유심히 보았다. 신문을 살짝 들추자 안에는 붉은색 표지로 된 무엇인가 보였다.

그때 버스가 멈추는 소리가 들려왔고, 그는 곧장 그것을 품에 구겨 넣었다. 그러고는 문이 열리자 숨을 몰아쉬며 버스에 올라탔다.

순호가 좌석에 몸을 붙이자 비로소 술기운이 가득 몰려왔다. 머리가 지끈거리고 세상이 빙빙 돌았다. 차창 밖의 불빛이 겹겹이 흔들리며 뒤엉켜 보였다.

＊＊＊

끝없이 지하로 내려간 것처럼 느껴졌는데, 방 안에 창문이 있는 것을 보고 그게 아니었음을 깨달았다. 세로로 길고, 열리지도 않아 바깥을 가늠할 수조차 없는 작은 창.

간혹가다가 복도에서는 구둣발 소리가 또각, 또각 울려오고, 조금 뒤 그 소리가 멈춘 곳에서는 소름끼치는 비명이 들려왔다. 천장에 박힌 전등은 반쯤 꺼져 희미하게 깜박였고, 칸막이 없는 화장실 그 안에 욕조, 작은 침대, 고정된 책상까지. 여기가 어딘지 오늘이 며칠인지조차 알 수 없게 된 지 오래였다. 습기 밴 콘크리트 냄새와 입안에 피 냄새가 코를 찔렀다.

그때 순호를 향한 발걸음 소리가 점점 가까워졌다. 마치 망치로 못질하는 듯한 일정한 리듬이었다. 순호는 무릎을 꿇은 채 숨을 죽였다. 구둣발이 바로 앞에서 뚝 멈추는 순간, 저릿한 느낌이 오금에서 성기까지 파고들었다. 본능처럼 몸이 움츠러들었다.

철문이 끼익 소리를 내며 열렸다. 희미한 빛 속에서 누군가의 그림자가 순호 위로 드리웠다. 뒤편으로 열린 문 너머에는 하얀 벽뿐이었다. 순호는 반사적으로 몸을 숙이며 다급하게 입을 열었다.

"저… 저… 서, 선생님! 뭔가 오해가 있는 것 같습니다! 제가 뭘 잘못한 건가요? 아, 아니 여기가 대체 어디입니까? 아마 다른 사람과 착오가 있었던 것 같습니다! 제발, 선생님!"

들어온 사내는 작은 체구의 실태 안경을 낀 50대 중반 정도 되어 보이는 남자였다. 그는 순호를 빤히 바라보다, 입을 열었다.

"무슨 착오요?"

날카롭게 째진 듯한 높은 톤의 목소리였음에도 순호의 눈에는 순간 희미한 안도의 기운이 번졌다.

"네… 제가 며칠 동안 아무 이유도 모르고 맞았거든요? 아마 조금 착오가…"

그 말이 채 끝나기도 전에, 사내는 천천히 문밖으로 고개를 내밀었다.

“김 사원, 이리 와봐.”

잠시 뒤, 덩치 큰 남자가 들어왔다. 그였다. 어제 순호를 무자비하게 폭행했던 세 명의 사내 중 한 명이었다. 먼저 들어온 사내는 갑자기 그의 정강이를 세차게 걷어찼다. ‘퍽’ 소리와 함께 김 사원이라는 자가 무릎을 꿇었다.

“내가 똑바로 확인하랬잖아. 이 새끼 맞아? 그리고 쟤 때렸어?”

덩치 큰 남자는 고개를 숙이고 대답했다.

“아닙니다, 반장님.”

반장이라고 불리는 안경을 낀 남자가 순호 쪽으로 시선을 돌렸다. 천천히, 그리고 무겁게.

“야. 괜히 변명하지 마, 거짓말할 생각도 말고. 난 거짓말을 제일 싫어해.”

순호의 입술은 바짝 말라붙었고, 순간 방 안의 공기가 완전히 빨려 나간 듯 숨이 막혀왔다. 반장이 천천히 의자 쪽으로 간 뒤 순호에게 손짓해서 자신의 앞에 앉혔다. 삐걱거리는 소리가 방 안을 울렸다. 그는 다리를 꼬고 앉아 담배를 꺼내 물고, 불을 붙여 한입을 빨아 뱉으며 말했다.

“자, 묻는 말에 대답한다. 단답으로 할 때는 단답으로. 길게 설명해야 할 땐 육하원칙대로, 누가 언제 어디서 무엇을 어떻게 왜 ― 알았어?”

순호는 입술을 달싹이며 겨우 고개를 끄덕였다.

"예… 알겠습니다."

반장은 안경을 고쳐 쓰며 일부러 뜸을 들였다. 눈동자가 순호를 꿰뚫는 듯 번들거렸다.

"이름이 뭐야?"

순호는 침을 꿀꺽 삼키며 말했다.

"박… 순호입니다."

반장이 고개를 끄덕이며 수첩에 무언가를 툭툭 적었다.

"나이는?"

"스물두 살… 입니다."

"좋아. 학교는 어디 다녔어?"

그의 시선은 여전히 종이에 떨어져 있었지만, 목소리는 묘하게 날카로웠다. 순호는 잠시 숨을 고르며 대답했다.

"…고등학교까지 다녔습니다. 졸업 후 공장에서 일했습니다."

반장은 고개를 들어 순호를 똑바로 바라봤다.

"대학교 안 다녀? 근데 왜 대학생 진보단체에 들어갔어?"

순호는 멍하니 눈을 깜빡였다.

"저는, 그런 데 들어간 적이 없습니다. 저는 그냥 공장만…"

"허허."

반장은 코웃음을 치며 담배를 한 모금 마셨다.

"이 새끼가 머리 굴리네, 야, 김 사원."

말이 끝나기도 전에 덩치 큰 남자의 구둣발이 순호의 얼굴을

세차게 걷어찼다. 뼈가 울리는 둔탁한 소리와 함께 눈앞이 번쩍
했다. 순간 시야가 흔들리며 반장의 얇은 목소리가 아득하게 들
려왔다.

"너무 세게 찬 거 아니냐?"

김 사원이 허둥대며 대답했다.

"시정하겠습니다, 반장님."

"기절한 것 같은데?"

그 말이 귀에서 떠나기 전에, 순호는 정신을 잃었다.

시간이 얼마나 흘렀을까.

축축한 공기에 순호가 정신을 차렸다. 눈을 뜨기도 전에 그의
팔목과 발목이 무언가에 단단히 조여져 있다는 걸 깨달았다. 거
칠게 갈린 밧줄이 살을 파고들어 피가 멎은 듯 저림이 몰려왔다.
몸을 조금만 비틀어도 어깨와 척추가 뻣뻣한 나무판에 쓸려 간지
러웠다. 천천히 눈을 뜨자, 다른 곳이었다. 흐릿한 전등 불빛이 머
리 위에서 뿌옇게 번졌다. 시야는 흐릿했고, 코끝에는 눅눅한 나
무 곰팡내와 축축한 공기가 스며들었다. 톡— 하고 떨어지는 물
방울 소리가 판 위 어딘가에 고여 있는 물웅덩이에 똑 하고 떨
어졌다.

순호는 숨을 몰아쉬었다. 팔을 당기려 했지만, 손목은 이미 감
각이 사라진 듯 퉁퉁 부어 있었다. 발목도 마찬가지였다. 사지가

벌려진 채 나무판에 붙잡혀, 마치 해부용 표본이 된 것만 같았다.

잠시 후, 문이 끼익 소리를 내며 열렸다.

반장, 김 사원이라 불리는 남자가 천천히 방에 들어왔다. 철문이 닫히는 순간, 방 안은 다시 눅눅한 고요에 갇혔다.

"좀 춥네. 옷 좀 줘 봐."

김 사원은 들고 있던 옷을 반장에게 건넸다. 반장은 건네받은 옷을 완전히 입지 않고 자신의 어깨에 걸쳤다. 자세히 보니 경찰 근무복이었다. 목 주변 좌우로 무궁화 두 송이가 자수되어 있었다. 순호는 그게 꽤 높은 계급이라는 것을 대강 알고 있었다. 그의 목소리가 겁에 질려 잠겨갔다.

"제발⋯ 전 아무 짓도 안 했습니다⋯"

김 사원은 들고 있던 낡은 주전자와 고춧가루가 담긴 유리병을 책상 위에 거칠게 내려놓았다. 반장이 주머니에서 숟가락을 꺼내 김 사원에게 건네고 다시 순호 쪽을 바라보며 물었다.

"기관지 안 좋은 편이야? 천식이나 기저질환 있어?"

순호는 겁에 질린 목소리로 대답했다.

"네?⋯ 아, 아닙니다. 그런 거 없습니다⋯"

반장은 고개를 살짝 끄덕이며 입꼬리를 올렸다.

"기관지 좋고⋯ 스물두 살⋯ 김 사원, 열두 스푼이면 적당하겠다. 딱 열두 스푼만 풀자."

김 사원은 대답 대신 병뚜껑을 열고 숟가락을 집어넣었다. 푹

푹 퍼 올려 주전자 속으로 떨어뜨릴 때마다 붉은 가루가 허공에서 흩날렸다.

"하나… 둘…"

숟가락이 움직일 때마다 '툭, 툭' 울리는 소리가 방 안의 정적을 짓눌렀다. 김 사원은 열두 번을 채우고 주전자를 휘저었다. 붉은 물이 들끓듯 섞이며 역한 냄새가 순식간에 방 안을 뒤덮었다.

반장은 의자에 앉아 담배를 다시 물며 천천히 불을 붙였다. 라이터 불이 짤깍, 하고 켜지는 소리가 유난히 크게 들렸다. 김 사원이 표면이 거칠고 퀴퀴한 냄새가 나는 낡은 헝겊을 순호의 얼굴에 덮었고, 이내 순호는 겁에 질려 몸을 비틀며 소리를 질렀다.

"저 진짜 아니에요!"

"시작한다."

반장의 나직한 말이 들린 직후, 차갑고 묵직한 물줄기가 천 위로 쏟아졌다. 붉은 고춧물이 천에 스며드는 순간, 코와 입으로 불덩이가 파고드는 듯한 감각이 밀려왔다. 눈가가 찢어질 듯 화끈거리고, 콧속은 송곳으로 긁는 듯 아릿하게 타올랐다. 숨을 들이켜려는 순간, 매운 물이 기관지 깊숙이 파고들며 목을 움켜쥐었다.

"크윽… 켁, 켁—!"

순호는 얼굴을 돌려 피하려고 해봤지만, 반장이 예상한 듯 그의 양쪽 볼을 손으로 꽉 움켜쥐고 있어 소용이 없었다. 숨이 막히자 가슴이 미친 듯이 요동쳤고, 공기를 삼키려는 본능은 곧바로 지옥불이 되어 되돌아왔다. 콧속은 시뻘건 불덩이가 퍼진 듯 얼얼했고, 뇌 속까지 간지러운 자극이 기어들어가 미칠 듯한 고통이 퍼졌다. 머리 안이 꽉 막히고, 터질 듯 울리는 고막만이 비명을 찔끔 내질렀다. 순호는 속에서부터 산 채로 불태워지는 것만 같은 느낌이 들었다.

"나 주전자 오랜만에 들어. 영광인 줄 알아."

반장의 목소리가 저승사자의 목소리처럼 들렸다.

입과 코를 통해 들어온 고춧가루 물이 목을 휘감으며 위장 속까지 불태우듯 내려앉았다. 토사물이 치밀어 올라왔지만, 천에 막혀 역류한 것들이 다시 코로 흘러 들어갔다. 비명조차 지르지 못한 채, 그는 몸을 비틀며 허우적댔다.

반장은 무표정한 얼굴로 손가락을 들어 올렸다.

"다섯 번."

천 위로 물줄기가 다시 쏟아졌다.

"여섯 번."

"일곱 번."

횟수가 늘어날수록 순호의 몸은 점점 힘을 잃어갔지만, 고통은 오히려 또렷해졌다. 순호가 정신을 잃어갈 즈음에 반장은 잠시 멈추고는 순호의 뺨을 때렸다. 살아 있으라는 듯, 그렇게 정신도 잃지 못한 채 몸부림쳤다.

“아홉 번.”

“열 번.”

열 번을 마치고는 바닥에 주전자를 내려놓는 소리가 들렸다. 순호의 몸은 축 늘어졌다. 코와 입에서는 피와 고춧물이 뒤섞여 흘러내렸고, 보이지는 않았지만 눈에서 피눈물이 나는 것 같은 느낌이 들었다. 순호는 고개를 옆으로 푹 떨군 채 켁켁, 가래 섞인 기침을 토해냈다. 숨구멍이 막힌 채 몇 번을 죽다 살아난 끝에, 이제야 끝났다는 안도감이 스멀스멀 찾아왔다. 그러나 반장은 뒤를 돌아보고 태연히 말했다.

“주전자 하나 더.”

그 순간, 순호의 전신이 덜컥 굳었다. 마치 심장이 몸 속에서 빠져나올 듯 요동쳤다. 눈이 휘둥그레진 채 순호는 기겁하며 소리쳤다. 하지만 얼굴을 덮은 헝겊과 눈치 없이 계속 나오는 기침 때문에 제대로 말을 할 수 없었고, 주전자에 고춧가루가 떨어지는 툭 툭 소리가 들리기 시작할 때쯤 입으로 얼굴에 붙은 헝겊을 불어 입 주변에서 떨어트린 후 겨우 말을 쥐어 짜냈다.

“윽… 윽…!”

침과 고춧가루 물이 뒤섞여 목구멍에서 끓어오르며 말이 잘 이어지지 않았다. 간혹 삐져나온 말도 헝겊에 막혀 잘 나오지 않았다.

“제가 자… 자… 자… 자… 잘못했습니다!”

반장이 순호의 얼굴에서 헝겊을 들어 치웠다.

"뭘 잘못했는데."

그의 목소리는 낮고 차분했지만, 오히려 그 차분함이 순호의 등골을 오싹하게 했다. 그사이 김 사원이 주전자에 물을 받아 고춧가루를 탄 뒤 반장에게 건넸다. 반장은 그걸 받아 들고 순호를 바라보며 말했다.

"뭘 잘못했냐니까?"

그 말에 순호의 머릿속은 새하얘졌다 일단은 살아야겠다는 생각이 들었다.

"다시는 안 속이겠습니다. 뭐든 물어보시면, 다 말씀드리겠습니다. 제발, 한 번만 믿어주십시오."

순호의 말끝은 떨렸고, 눈은 초점 없이 허공을 헤맸다. 반장은 주전자를 김 사원에게 건네고 고개를 까딱거렸다.

"그럼 다시."

김 사원은 순호의 손과 발에 묶인 밧줄을 풀었다. 순호는 몸이 액체처럼 바닥에 흘렀다. 그러고는 곧장 무릎을 꿇고 반장 밑에 고개를 숙였다.

"이름."

순호는 고개를 들지 못한 채, 바닥에 시선을 붙들고 있었다. 혀가 입천장에 달라붙은 듯, 대답이 더뎌졌다.

"…박순호입니다."

반장은 김 사원을 향해 손가락을 까딱거렸다. 김 사원이 뒤에서 서류 가방과 그 안에 수첩과 펜을 꺼내 그에게 건넸다.

"그렇지. 아까도 그렇게 말했지."

"나이는?"

"…스물두 살입니다."

순호의 대답이 끝나자 반장은 잠시 고개를 끄덕이며 수첩에 몇 자를 적었다. 그러더니 서류 가방에서 무언가를 꺼냈다. 신문과 책 한 권이었다. 신문은 눅눅하게 물에 젖어 있었다. 순호의 심장이 철렁 내려앉았다.

"자본론."

그는 손가락으로 붉은색 표지를 천천히 두드리며 말했다.

"제목 봐라, 빨갱이가 쓴 빨갱이 책들을 아무렇지 않게 들고 다녔네? 그것도 고졸이라는 놈이?"

순호의 눈이 책에 고정됐다. 순간, 아차 싶었다.

"이거 누구한테 받았고, 어디로 전달하려고 했어?"

순호의 시선이 책에 꽂힌 채로 움직이지 않았다. 머릿속에 정우의 얼굴이 스쳐 지나갔다. 그가 가지고 왔던 신문 속 책. 방 안에 침묵이 흐르자, 반장이 비죽 웃었다.

"이 새끼 머리 굴리네."

순호는 입술이 바짝 말라 서로 달라붙은 채 떨려왔다. 목구멍이 저절로 끓는 소리를 내며 가까스로 말이 흘러나왔다.

“저… 저… 저는… 책을 본 적도 없고… 저는… 그냥… 공장에서… 일만 했습니다. 이건… 제 것이 아닙니다. 누군가… 제 옆에 두고 간 것 같습니다. 제발 믿어주십시오…”

말끝마다 혀가 꼬였고, 숨은 가빠져 목이 조여드는 듯했다.

반장은 고개를 비스듬히 기울여 순호를 내려다봤다. 그의 입가에는 소름 끼치는 미소가 어려있었다.

“아직 멀었네. 어떡하냐?”

반장은 김 사원에게 자신의 겉옷을 건네며 말을 툭 던졌다. 그러고는 몸을 일으켜 나가는 문 앞에서 문고리를 잡고, 순호를 향해 나지막하게 말했다.

“다음에도 그렇게 말하는지 보자고.”

그 말의 여운이 공간에서 사라지기 전에, 문이 쾅 닫히는 소리가 들렸다. 방 안은 잠시 정적에 잠겼다. 김 사원은 손에 든 옷을 책상에 올려두고 젖은 헝겊을 순호의 얼굴 위에 다시 올려두었다. 그러고는 주전자를 들고 밖으로 나갔다. 주전자 쇠붙이에 삐걱대는 소리가 그의 뇌를 후벼 파는 느낌이 들며 정신이 아득해졌다.

잠시 뒤 여러 사람이 들어오는 소리에 순호가 정신 차렸다. 주전자가 부딪치는 소리, 몇몇 사람들이 떠드는 소리.

어둠 속에서 다시 물 쏟아지는 소리와 억눌린 신음이 섞여 흘러나왔다. 헝겊이 벗겨질 때마다 있는 힘을 다해 도움을 요청했

으나, 방 안에 있는 사람들은 아무도 그의 말에 대답해주지 않았
다. 그것이 그가 가장 견디기 어려운 점이었다.

천장의 불빛은 늘 같은 색으로 깜박였고, 문틈으로 들어오는
새로운 기척은 끝날 줄 몰랐다. 고문은 곧잘 멈췄다가 또다시 시
작되었다. 몇 번이고 순호의 의식이 꺼졌다 켜지는 사이, 언제인가
밤이 시작되었다.

그 밤이 순호에게는 정말 길게 느껴졌다.

＊＊＊

순호가 이곳에 끌려오고 며칠이 지났는지 모른다.

고문받을 때는 십 분이 하루 같고, 그 하루는 영원처럼 늘어졌
다. 특히 괴로웠던 건 물고문인데, 물이 가득 담긴 욕조에 강제로
밀어 넣어진 상태로 있다 나온 뒤, 숨을 몰아쉴 때마다 뇌 속 세
포들이 일부 끊어져 나가는 것만 같았다. 자신이 파괴되는 느낌.
살아있음에도 단계별로 죽어가는 그 느낌이 견디기 어려웠다.

그들은 이제 순호에게 무언가를 묻지도 않았다.

"제가… 다 말하겠습니다… 뭐든지…"

순호가 갈라진 목소리로 애원하면, 그들은 그저 비웃으며 서
로의 담배를 빌려 피웠다.

“요 앞에 곱창전골집 생겼다더라. 잘한대.”

“다리 건너? 퇴근하고 한잔할까?”

주전자 물이 얼굴 위 천을 적실 때조차, 그들은 전혀 개의치 않았다. 비명은 그저 방 안의 일부였고, 기침과 구토는 아무 의미 없는 숨소리에 불과했다.

그들의 대화는 오직 순호가 죽지 않을 만큼만 이어가려는 계산뿐이었다.

“30분 됐다. 잠깐 풀어.”

“왜?”

“군의관이 통닭구이는 30분 넘기지 말래.”

“그니까, 왜?”

“몰라, 씨발. 죽을 수도 있다잖아.”

이들이 순호에게 원하는 것은 없었다. 그저 순호를 끝없이 부수면서, 그렇다고 완전히 조각나지 않게 관리 중이라는 것을 깨달았다. 끝나지 않는 시간 속에서 순호는 자신이 인간이라는 감각마저 잃어가고 있었다. 순호는 언젠가부터 바닥에 머리만 대면 바로 잠이 들었다. 어느샌가 그의 머릿속에는 ‘살아야 한다’는 생각밖에 남지 않았다.

“식사하세요.”

형사가 나무 쟁반에 설렁탕과 밥을 들고 와 그의 앞에 내려놓고는 돌아섰다. 그리고 주머니에 손을 넣어 은색 듀퐁 라이터를 꺼내 몇 번 열었다가 다시 닫았다.

'짤깍— 짤깍…'

순호는 그 소리에 고개를 들었다. 그는 이제 누가 들어와도 눈치채지 못할 만큼 망가져 있었다. 그래도 안도하는 마음이 들었는데, 그 이유는 밥을 받았다는 건 그날의 고문이 여기서 끝났다는 뜻이기도 했기 때문이다.

올려다본 형사의 모습은 키가 크고, 얼굴도 나이도 형사 같지가 않았다. 오히려 앳되고 우아한 얼굴이라는 생각이 들 정도였다.

순호는 몸을 일으켜 앉으며 잠긴 목소리를 쥐어 짜냈다.

"고… 맙습니다…"

돌아서던 형사가 잠시 멈춰 서더니, 고개를 절레절레 흔들며 다시 걸음을 옮겼다. 걸음 소리에 맞게 라이터 뚜껑이 열렸다 닫히는 소리가 들려왔다.

순호가 숟가락으로 밥을 퍼 국에 말아 밥을 먹기 시작했다. 숟가락이 국그릇 바닥에 닿는 소리가 방 안을 메울 때쯤 구석에 앉았던 형사가 입을 뗐다.

"많이 힘들죠."

반장이 몇 가지를 물었던 순간을 제외하면, 순호에게 먼저 말을 건 형사는 지금의 그가 처음이었다.

"네…?"

순호가 놀란 듯이 숟가락을 내려놓고 대답했다.

"많이 힘들 거예요."

형사의 따뜻한 말에 순호는 순간 울컥하는 감정과 함께 눈물이 흘러나왔다. 형사는 손수건을 꺼내 순호 앞에 놓았다.

"…저한테 왜 이런 일이 생겼는지 모르겠습니다."

순호가 손수건을 들고 눈물을 닦으며 흐느꼈다.

형사는 순호를 잠시 바라보다가, 밖으로 나가는 문을 열었다. 목을 내밀어 주변을 살피고는. 다시 몸을 순호 쪽으로 틀었다. 이내 주머니 속에서 무언가를 꺼내더니 순호의 오른손에 꼭 쥐어주었다.

"살고 싶으면 이거 외우세요."

손을 펴보니 그건 낡고 구겨진 사진 한 장이었다.

20대 초반으로 보이는 남자가 여행을 간 기념으로 찍은 사진 같았다. 긴 머리에 뿔테 안경을 쓴, 약간은 어수룩한 인상. 그 뒤로는 작은 글씨가 적혀 있었다.

'서울대 정치학과 82학번. 황성식. 성북구 삼선동5가'

순호는 눈앞의 사진을 한참 동안 보다 입술을 떨며 물었다.

"이걸로… 제가 어떻게…"

그러나 형사는 그 말에 바로 대답하지 않고, 머뭇거리다 순호를 빤히 내려다보고 말했다.

"뭐든지 빨리 말하는 게, 여기서 나가는 방법이에요."

그 말을 들은 순호는 울음을 터트리며 말했다.

"저는 진짜 아무 잘못한 게 없습니다…"

그러자 형사는 한숨을 쉬며 말했다.

"그렇게 말하면 당신, 평생 여기서 못 나가."

"저 진짜 억울합니다…"

그 말에 대답하지 않고 형사는 문고리를 잡아 돌려 철문을 열었다. 차가운 바람 같은 외부의 기척이 스쳤다가, 곧 철문이 '쾅' 닫히며 방은 다시 정적 속으로 가라앉았다. 순호는 그날 작은 사진을 수도 없이 바라보며 이를 꽉 쥔 채로 잠이 들었다.

다음 날 새벽 철문이 쾅, 하고 열렸다.

새벽 공기와 형사들 몸에 밴 담배 그리고 땀 냄새가 더 짙게 스며들어 방 안으로 밀려들었다. 전날과는 달랐다. 들어온 얼굴들은 하나같이 잔뜩 굳어 있었다. 제일 먼저 들어온 형사 한 명이 곤봉으로 순호의 등을 세게 때렸다.

"으… 윽."

순호가 낮은 비명을 지르며 바닥을 기었다.

형사들의 눈빛이 날카롭고, 말투가 거칠어진 것이 느껴졌다.

"이 개새끼가. 너 때문에…"

곤봉을 쥔 형사의 말을 고참 형사로 보이는 자가 막았다. 그러고는 무릎을 굽힌 뒤 순호를 향해 나지막하게 말했다.

“일어나, 이 새끼야.”

말이 끝나자마자 순호의 멱살을 거칠게 잡아 일으켰다.

“싹 벗어.”

아직 온몸은 풀린 듯 늘어져 있었지만, 순호는 최대한 빠르게 옷을 벗었다. 뒤이어 형사가 침대와 책상 사이 좁은 틈으로 작은 나무의자를 끌며 들어왔다. 형사가 순호를 나무의자에 앉힌 뒤, 평소보다 손목과 발목을 더 세게 조이고 전극침을 양쪽 손 엄지와 검지 사이에 하나, 양쪽 발 엄지발가락과 검지발가락 사이에 나머지 하나를 꽂고 붕대로 그 위를 감쌌다.

“잘 묶었지? 확실하게 해야 된다.”

띠를 눈에 둘러 순호의 눈을 가린 뒤 한 형사가 말했다. 그러고는 스위치를 켜 빨간색 펜으로 체크해 둔 곳까지 다이얼을 돌렸다.

‘우웅——’

다이얼이 돌아가는 짧은 순간에 순호는 전류의 강도가 강해지는 것을 느꼈다. 전류가 몸을 타고 흘렀다.

“으으… 으… 으…”

순간 근육들이 일제히 뒤틀렸다. 비명도 나오지 않았다. 팔과 다리가 제멋대로 떨며 의자 걸이에 부딪혔다. 치아가 저절로 딱딱 부딪혀 혀끝을 깨물었다. 피와 침이 한꺼번에 튀어나왔다.

“씨발, 혀 깨물잖아!”

누군가 순호의 입에 헝겊을 물렸다. 그러고는 다시 한번, 더 길게. 이번엔 눈동자가 뒤집히고, 허리가 휘었다. 헝겊 사이로는 거품이 흘렀다.

"10초. 아직 괜찮아. 남자는 30초까지 버틴다."

형사는 침을 보며 다이얼을 계속 조절했다. 어떨 때는 강하게 어떨 때는 약하게 중간 중간 쉴 때는 계속해서 말을 걸며 순호가 정신을 잃지 않았는지 확인하는 듯 보였다.

"여기 불알 밑을 잘 봐야 돼. 여기 핏줄이 팍 터지면 나한테 말해야 된다."

다이얼을 조절하는 형사는 순호를 이용하여 누군가를 가르치는 것 같았다.

순호는 뇌가 하얗게 타들어 가는 듯한 고통 속에서, 입 안에는 더 이상 언어가 존재하지 않게 되었다. 오로지 몸의 떨림과 낮은 짐승의 울음 그리고 진동 만이 방을 메웠다.

얼마나 시간이 흘렀는지 모를 순간, 순호는 바닥에 널브러져 있었다. 숨 막히는 적막, 축축한 헝겊이 억지로 입에서 빠져나가고, 순호는 마치 익사하다가 간신히 건져 올려진 사람처럼 가쁜 숨을 몰아쉬었다. 창문을 보니 아침이 된 것이 분명했다. 그때, 철문이 삐걱 소리를 내며 열렸다.

구둣발 소리가 일정한 리듬으로 다가왔다.

반장과 김 사원이 들어왔다. 그는 주변을 한 바퀴 둘러본 뒤, 무심한 목소리로 말했다.

"앉히고 펜이랑 진술서 올려놔."

김 사원은 재빨리 방구석에 있는 의자와 책상으로 순호를 끌고 왔다. 삐걱거리는 소리와 함께 자리에 앉혀진 순호의 손에서 구겨진 사진이 떨어졌다.

김 사원은 그 사진을 주워 자신의 주머니에 넣고, 순호의 머리를 잡아채 굽은 그의 허리를 강제로 폈다 얼굴은 알아보지 못할 정도로 부어 있고, 눈은 시뻘건색에 가까웠다. 반장은 한 손에 들고 있던 자신의 겉옷을 천천히 걸쳤다. 경찰 근무복의 무궁화 자수가 전등빛에 유독 빛났다. 그는 순호 맞은편에 털썩 앉아 다리를 꼬았다. 그러고는 수첩을 펴 피식 웃으꺼 말했다.

"자. 다시 해보자."

담배 끝이 붉게 타오르는 사이, 그의 시선이 종이에 떨어졌다. 펜촉이 종이에 툭, 하고 닿았다.

"이름, 박순호. 나이, 스물두 살."

반장은 잠시 고개를 들어 순호를 노려보았다.

"이건 알겠어."

펜 끝이 종이를 긁으며 다시 움직였다.

"이제 중요한 걸 확인해 볼 거야."

담배 연기가 길게 뿜어져 나와 순호 얼굴 앞에서 희뿌옇게 흩어졌다.

"네가 가지고 있던 책, 사회주의 서적 그리고 그 안에 적힌 지령들."

반장은 말끝을 누르듯, 한 글자씩 끊어 뱉었다.

"누구한테… 전달하려고 했어?"

잠시 정적이 흘렀다. 책상 위 펜촉이 종이를 긁는 소리만 들렸다. 순호의 가슴은 불규칙하게 들썩였고, 눈동자는 흔들리다 멈추기를 반복했다. 반장은 미세하게 웃었다.

"아직도 몰라…?"

그는 펜을 탁 내려놓고 김 사원에게 손짓으로 뭔가를 지시했다. 그 순간, 순호의 입술이 떨리며 벌어졌다. 목구멍은 마른 흙처럼 갈라져 소리가 제대로 나오지 않았지만, 그는 토하듯이 가까스로 내뱉었다.

"황성식이요!"

숨이 끊어질 듯 이어졌다.

"황성식한테… 전달하려고 했습니다."

말이 끝나자 방 안의 공기는 무겁게 가라앉았다. 담배 연기조차 멈춘 듯, 정적이 몇 초간 이어졌다. 반장은 눈을 가늘게 뜨며 펜을 다시 들어 종이에 '황성식'이라는 이름을 또박또박 적었다. 펜촉이 긁히는 소리가 유난히 크게 울렸다.

"황성식을 알아?"

그의 입가에 다시 섬뜩한 미소가 번졌다. 순호는 숨이 목에 걸린 듯 터져 나오며 외쳤다.

"네! 알고 있습니다… 잘 알고 있습니다!"

찰나의 순간, 반장의 눈빛이 번쩍였다. 그는 비웃듯 고개를 살짝 기울였다.

"공돌이 새끼가 서울대생을 어떻게 알아?"

말끝마다 담배 연기가 허공에 흩어졌다. 순호의 시선이 흔들리며 땅바닥에 떨어졌다. 갈라진 목소리가 다시 흘러나왔다.

"서울대 다니고. 학번은… 82학번입니다. 전공은… 정치학과입니다."

그가 입술을 달싹일 때마다, 방 안의 공기는 점점 더 옹골차게 죄어왔다. 반장은 수첩 위 펜촉을 멈추더니, 한참 동안 그 얼굴을 똑바로 노려봤다. 담배 끝이 붉게 타들어 가는 소리만이 들려왔다. 입술 끝에 흡족한 웃음이 비집고 올라왔지만, 그는 억지로 그것을 누르듯 담배를 깊게 빨았다. 뿜어져 나온 연기가 방 안을 희뿌옇게 메웠다.

"그래… 좋아."

반장은 낮게 중얼거리며, 펜 끝으로 수첩에 다시 몇 자를 툭툭 적었다. 그는 잠시 침묵을 길게 끌더니, 눈꼬리를 좁히며 물었다.

"그럼… 그 책 안에 뭐가 들었는지는 대충 알았나?"

순호의 눈동자가 순간 흔들렸다. 뭐라고 대답해야 할지 몰라 아무 소리도 내보내지 않았다.

반장은 미세한 비웃음을 흘리며 의자 등받이에 몸을 기댔다.

"공돌이 새끼가 뭘 알겠어. 전달만 하려 했겠지, 그치?"

순호는 고개를 조심스레 끄덕였다.

"…네 …맞습니다."

반장의 펜촉이 종이를 긁으며 한 줄을 더 남겼다.

"좋아. 그럼 이 책 누구한테 받았어?"

순호의 가슴이 거칠게 요동쳤다. 목울대가 꿀걱 들썩였지만, 말은 나오지 않았다.

잠시 침묵이 흐르자 반장의 시선이 매서워졌다. 그는 턱짓으로 김 사원을 불렀다.

"야, 붕대 가지고 와서 다시 묶어줘라."

그 말이 떨어지자, 방 안의 공기가 순식간에 얼어붙었다. 그의 전신이 덜덜 떨려왔다.

"아닙니다! 말하겠습니다!"

목소리는 찢어진 천처럼 갈라졌다.

"누구한테 받았는데?"

반장이 다시 물었다. 순호는 순간 정우의 구김 없는 웃음이 떠올라 눈을 질끈 감았으나, 곧 나무 의자가 바닥을 끌며 들어오는 소리에 자신도 모르게 입안에서 말을 내뱉었다.

"정우… 김정우…라는 친구한테 받았습니다…!"

그의 입술은 이미 피와 침으로 번들거렸고, 방 안에는 순간적으로 싸늘한 정적이 흘렀다.

"김정우?"

그는 일부러 이름을 또박또박 되뇌었다.

"군인인 네 친구 말하는 거지? 네가 면회 갔었던?"

순호의 눈이 크게 흔들렸다. 말은 없었지만, 눈빛이 이미 답을 대신하고 있었다.

반장은 의자에 등을 기대며 낮게 웃었다.

"그래, 이제 모든 게 맞아떨어지네."

그의 웃음은 만족이었지만, 동시에 섬뜩한 전율을 담고 있었다. 순호는 고개를 숙인 채, 숨을 고르는 것조차 버거웠다.

반장은 담배를 길게 빨았다가 천천히 연기를 뿜어냈다. 눈동자는 여전히 날카롭게 순호를 꿰뚫었다.

"그래, 어디로 가라고는… 말 안 해줬어?"

순호는 입술을 바싹 적시며 떨리는 목소리로 답했다.

"성북구… 삼선동… 5가 299. 거기로 가면 된다고… 들었습니다."

잠시 방 안이 정적에 잠겼다. 펜촉이 종이 위에서 멈췄고, 반장은 고개를 아주 천천히 끄덕였다.

"삼선동…"

그의 입꼬리가 서서히 말려 올라갔다. 눈빛엔 서늘한 확신이 스며들었다.

"그래, 걔네 집 주변이 맞네. 정말이었구나?"

펜이 다시 종이를 긁었다.

'삼선동 5가 299, 전달.'

철필처럼 날카로운 글씨가 종이를 파고들었다.

반장은 수첩을 덮지도 않은 채 담배를 비벼 끄며 낮게 말했다.

"네 입으로 다시 말해봐. 처음부터 끝까지. 빠짐없이."

순호의 입술이 덜덜 떨렸다. 목구멍은 이미 쉰 소리를 냈지만, 그는 억지로 단어들을 토해냈다.

"책을 황성식이라는 사람에게 전달하라고 부탁받았습니다. … 성북구 삼선동 5가… 299번지… 거기로… 가면 된다고… 했습니다. 저는… 전달만… 하려 했습니다."

반장은 수첩을 덮고 한숨을 쉬며 말했다.

"언제, 누구한테, 어떻게 받았는지 말해야지. 처음부터…"

그의 한숨에 순호의 어깨가 덜컥 내려앉았다. 입술을 달싹였지만 바로 소리가 나오지 않았다. 결국 그는 고개를 떨군 채, 터져 나오는 울음 같은 목소리로 말했다.

"죄송합니다… 제가… 다시 말씀드리겠습니다."

그는 숨을 크게 몰아쉰 뒤, 마른침을 삼키며 더듬거렸다.

"제가 오늘이 며칠인지 모르겠는데. 일주일 전쯤이었습니다… 8월 1일 군인인 친구 면회를 갔습니다. 정우… 김정우 이병입니다… 그 친구가… 이 주소로 가서 서울대학교 다니는 황성식한테 전달해달라고 했습니다.”

반장은 천천히 고개를 들었다. 눈빛은 여전히 차갑게 빛났다.

“넌… 그게 뭔지는 정말 몰랐다는 거잖아. 그치?”

순호는 입술을 깨물며 고개를 끄덕였다.

“네… 저는 공장을 다닙니다. 책을 읽어본 적도 없습니다.”

반장은 담배를 입에 문 채, 피식 웃음을 터뜨렸다.

“아무것도 모르는 친구를 이용해서 북한 지령을 전달하라고 시켰다. 못돼먹은 친구네.”

그 말에 순호의 눈이 크게 흔들렸다. 얼굴이 창백해지고, 이마에서 식은땀이 주르륵 흘러내렸다.

“그런 건… 아닐 겁니다… 그 친구도 아마…”

반장은 그의 말을 끊듯 손바닥을 들어 올렸다.

“됐어.”

그는 담뱃재를 왼손으로 툭 털고, 꽁초를 자신의 담뱃갑에 다시 넣었다. 그러고는 의자에서 일어나서 순호의 옆으로 간 뒤 오른쪽 어깨를 손으로 툭툭 치더니 목을 꽉 움켜쥐었다. 그의 손가락 마디는 굳은살이 박여 있었고, 손목에는 여러 곳에서 베인 상처가 남아 있었다. 어깨에 걸쳐진 경찰 근무복 상의는 군복처럼 각 잡혀 있었고, 카라에는 담배 냄새와 땀 냄새가 배어 있었다. 오른쪽 가슴에 명찰 가장자리가 전등빛을 받았다. 이름을 읽을 수 있었지만, 그는 본능처럼 시선을 돌려 그걸 보지 않았다.

"검사 앞이건, 판사 앞이건. 아니 하느님 앞에서도 네가 지금 말한 것에서 조금이라도 다르게 이야기하면, 다시 처음부터 시작해야 할 거야."

그의 말끝은 낮았지만, 방 안 공기는 다시 옥죄어왔다. 순호의 눈은 겁에 질려 흔들렸고, 두 손은 무릎에 붙은 채로 떨고 있었다.

"그땐 진짜 죽여달라는 소리 나오게 해줄게. 알겠어?"

그 순간, 철문이 끼익 열리더니 형사 한 명이 들어왔다.

"실장님이 반장들 다 오랍니다."

"뭐?"

반장이 눈썹을 치켜올리며 되물었다.

"실장님이… 반장님들 오시라고…"

그 말을 듣고 반장은 머리를 쓸어올리며 한숨을 쉬었다.

"하… 어린놈에 새끼가… 어딜 오라 가라야."

말을 전한 형사가 눈썹을 긁으며 멋쩍게 서 있자, 반장이 그에게 다가가 어깨동무를 하며 낮게 읊조렸다.

"군바리 출신은 우리랑 정서적으로다가 좀 틀려. 그치?"

반장과 형사가 철문을 열고 나가려다 뒤를 돌아 김 사원에게 말했다.

"다 들었지? 정리해. 얘가 신고한 걸로 해서… 그 두 명 엮어버려. 아, 그리고 얘 복습 잘 시켜 무식한 새끼니까."

말끝은 부드러웠지만 방 안 공기를 꿰뚫는 칼날 같았다. 철문이 무겁게 닫히는 소리가 울렸다. 남은 건, 김 사원과 순호뿐이었다.

김 사원은 손가락 마디를 꺾으며 순호 앞에 종이를 뒤집었다. '진술서'라고 적힌 그 종이 위에 볼펜 하나를 올려놨다.

김 사원은 무표정하게, 그러나 한 어절씩 끊어내며 말했다.

"1985년 8월 1일 오후 2시쯤, 김정우의 면회를 갔습니다. 그 자리에서 김정우의 지시로 황성식에게 책을 전달하라는 말을 들었습니다. 하지만 이상함을 느껴 근처 파출소에 찾아갔습니다. 거기서 남영동까지 참고인 조사를 받으러 오라는 말을 들었고, 나는 자발적인 의사로 이곳에 와 조사를 받았습니다."

순호의 망가진 오른손이 종이 위에서 덜덜 떨리며 따라 적었다. 글씨는 제멋대로였고, 획은 부러진 듯 휘청거리고 있었다.

김 사원은 마지막 줄을 또박또박 불러주었다.

"1985년 8월 1일, 23시. 이름 그리고 사인."

볼펜 끝이 종이를 긁으며 겨우 '박순호'라는 이름이 적혔다.

마지막 사인은 글자가 아니라, 술 취한 듯 삐뚤빼뚤한 흔적에 가까웠다. 그러나 김 사원은 아무 말 없이 새로운 종이를 꺼내 들더니, 순호 앞에 탁 던졌다. 그러고는 손가락으로 두 곳을 가리켰다.

"여기에도 이름이랑 사인."

김 사원은 순호가 사인을 마치자, 종이를 빼앗듯 걷어들었다. 잠시 종이를 들여다보고는 고개를 들어 순호를 똑바로 보았다.

"말 바꾸지 마라."

순호는 고개를 떨구며, 바짝 마른 입술을 달싹였다.

"…예, 알겠습니다…"

김 사원이 종이를 챙겨 들고 무겁게 철문을 닫고 나가자, 방 안에는 순호 혼자만 남았다.

순호는 덜덜 떨리는 손을 올려 얼굴을 감싸 쥐려 했다. 그러나 손가락이 절반쯤은 말을 듣지 않았다. 관절이 굳은 듯, 마치 뼈와 살이 따로 노는 것처럼 느껴졌다.

'어떡하지…'

속으로 웅얼대며 그는 손톱으로 자신의 뺨을 긁었다. 하지만 힘이 들어가지 않아 얕은 자국만이 남았다. 이내 얼굴을 쥐어뜯 듯 움켜쥐려 했으나, 손은 허공에서 느리게 떠돌 뿐이었다. 순간, 스스로에 대한 혐오감에 그의 입안에서 비명이 토하듯 쏟아지려 했다. 목구멍이 찢어져라 소리를 지르고 싶었다. 그러나 그 소리 가 터지기도 전에, 어딘가에서 끔찍한 절규가 날카롭게 터져 나왔 다. 옆방인지, 복도 끝인지조차 알 수 없었다.

"*끄아아악*—!"

살을 찢는 듯한 울음과 쇳소리 같은 신음이 한동안 이어졌다. 순호는 온몸이 굳어버렸다.

비명은 오래 가지 않았다. 끊어질 듯 이어지다 이내 뚝, 멈췄다. 그리고 찾아온 정적 속에서, 순호는 목구멍 끝까지 차올랐던 외침을 스스로 꿀꺽 삼켰다.

그는 그대로 옆으로 누워, 손가락 끝이 조금이라도 움직이기를 바라며 떨고 있었으나, 돌아온 건 아린 고통뿐이었다.

***

그날 이후, 사흘이 흘렀다. 그동안 순호는 단 한 차례의 고문도 받지 않았다. 저녁이 되면 밥 한 끼가 들어왔고, 바깥에서 복도 전체가 울리는 비명이 끊임없이 들려왔다. 남자 비명이었다가, 여자 비명이었다가 계속 바뀌었다. 그러나 그의 방 안은 끝없는 정적뿐이었다.

처음에는 언제든 문이 열리고 다시 주전자나 전류가 들이닥칠 것 같아 숟가락을 제대로 쥐지도 못했다. 그러나 이틀째가 되자, 순호의 몸은 조금씩 허기와 피로에 굴복했다.

철문이 열리는 소리에 순호는 잠에서 깼다. 좁았지만 처음으로 침대에서 편히 잠이 들었던 날이었다. 본능적으로 몸을 일으켜 문

쪽을 보았다. 분명히 아침이었는데 형사 한 명이 식판에 밥을 들고 왔다. 낮에 밥이 나왔다는 것 며칠 사이에 무엇인가 달라졌다는 것을 의미했다.

형사는 순호를 전혀 보지 않았다. 밥을 그의 앞에 던져두듯 내려놓고는 방구석 의자에 앉아 품에서 라디오를 꺼냈다. 다이얼을 돌리며 주파수를 맞추자 작은 잡음이 이어졌고, 곧 희미한 음성이 흘러나왔다. 형사는 그것을 귀에 바짝 대고, 혼자만의 세상에 잠긴 얼굴로 듣고 있었다.

순호는 밥알이 목에 걸린 듯 겨우겨우 씹었다. 씹을 때마다 턱뼈가 어딘가 삐끗거리며 아팠고, 삼킬 때마다 목구멍은 갈라져 피 맛이 섞였다. 언제 라디오에 몰두한 형사가 그에게 다가올지 몰라 불안과 낯섦이 뒤섞여 속을 메스껍게 했다. 계속해서 형사 쪽으로 힐끔힐끔 눈길을 보내니, 그가 라디오를 '딸깍' 끄고 천천히 고개를 돌렸다.

"뭘 그렇게 힐끔거려? 응?"

덩치에 맞지 않게 높은음이 칼날처럼 순호의 뇌에 꽂혔다. 그가 의자에서 몸을 일으켜 순호 쪽으로 다가왔다. 발소리가 콘크리트 바닥에 무겁게 울렸다. 식판을 움켜쥔 순호의 손이 덜덜 떨렸다.

"히익…"

그는 본능적으로 고개를 푹 숙였다. 밥알은 아직 목에 걸려 있었고, 숨은 가빠졌다. 두 어깨는 바들바들 떨렸고, 눈동자는 땅바닥에 고정된 채 감히 위로 올라가지 못했다.

그는 순호 앞에 턱을 굽히더니, 불쑥 식판을 들어 올렸다. 아직 절반쯤 남은 밥알이 와르르 흘러내리며 바닥에 떨어졌다.

"배가 부르구나?"

목소리는 낮았지만, 말끝에는 조소가 묻어 있었다.

순호의 손이 허공에서 허둥대며 식판 쪽으로 뻗쳤다.

"아닙니다… 아닙니다!"

형사는 비죽 웃더니 식판을 도로 내려놓았다. 쇠붙이가 바닥에 부딪히며 귀를 때리는 소리가 좁은 방 안을 가득 메웠다.

"그럼 고개 들어. 눈 똑바로 뜨고 내 얼굴 봐."

순호는 온몸이 굳어버린 채, 서서히 고개를 들었다. 그러나 시선은 끝내 형사의 턱 밑 어딘가에 머물렀다. 그 순간, '짝!' 뺨을 스치는 소리가 잇따라 터졌다.

첫 번째는 왼쪽, 두 번째는 오른쪽, 세 번째는 다시 왼쪽이었다. 목이 맥없이 획획 돌아갔다. 형사는 웃음을 지으면서 말했다.

"아직 내 얼굴을 쳐다볼 수가 있구나. 응?"

순호의 눈가엔 눈물이 번져 나왔다. 손은 무릎 위에 꼭 붙은 채 떨려댔고, 입술은 말라붙은 피 때문에 서로 달라붙어 제대로 떨어지지도 않았다. 형사의 입꼬리가 살짝 일그러졌다.

"안 되겠다."

그는 주머니에 손을 집어넣더니, 묵직한 소리와 함께 곤봉을 꺼내 들었다. 곤봉이 형사의 손바닥에 '툭' 하고 닿자, 방 안 공기가 뻣뻣하게 굳어졌다.

순호는 반사적으로 숨을 들이켰다. 폐 속이 좁아져 오는 듯, 숨소리조차 들키지 않으려는 듯 억눌렀다.

그때였다.

'끼이익—'

철문이 갑자기 열리며 거친 바람 같은 소리가 안으로 밀려왔다. 문틈 사이로 다른 사람의 목소리가 들려왔다.

"가서 밥 먹고 와. 내가 있을 거니까."

곤봉을 든 형사가 깜짝 놀라 경직된 자세로 그를 향해 경례했다. 남자가 손을 휘저으며 가라는 의사를 표하자 그는 곧바로 곤봉을 주머니에 넣고는 방을 나가버렸다.

순호는 고개를 깊숙이 숙였다. 눈동자는 시멘트 바닥만 응시했다. 발끝은 저릿하게 떨리고 있었고, 손가락은 미세하게 경련을 일으켰다.

"일어나요. 많이 안 흘렸으니까 밥 마저 먹고."

낯선, 그러나 익숙한 목소리였다. 순호는 천천히 고개를 들었다. 그 순간 심장이 덜컥 내려앉았다.

며칠 전, 사진을 건네주던 바로 그 형사였다.

그의 얼굴을 조금 더 자세히 보니 나이는 서른 초반쯤 되어 보였고, 깔끔한 얼굴에 키도 크고 체격은 다부졌다. 확실히 지금까지 만났던 형사들과는 전혀 다른 기운이 풍겼다.

순호는 입술을 달싹이며 간신히 소리를 냈다.

"감… 감사합니다…"

형사는 대답 대신 짧게 미소를 짓더니, 손을 툭 털고 구석 의자에 가 앉았다. 그는 어깨에서 외투를 벗어 옆에 걸쳐두고, 한 손에 들고 있던 책을 펼쳤다. 희미한 형광등 불빛이 책 표지를 스쳐 지나갔다. 다른 한 손에서는 듀퐁 라이터 뚜껑을 열었다 닫았다 반복하고 있었다.

'짤깍— 짤깍…'

순호의 시선이 본능처럼 라이터로 향했다. 반짝반짝 빛나는 은색이었다. 겉에는 파란색 그림과

'**대통령 경호실**'이라는 문구가 적혀 있었다. 이내 시선이 형사가 든 책 표지에 꽂혔다. 빨간색 표지. 반장이 며칠 전에 순호에게 보여주었던 바로 그 책이었다.

몇 분의 시간이 흘렀다. 밥을 씹는 소리와 라이터 뚜껑 열렸다 닫히는 소리만 방 안에 잔잔히 울렸다. 순호는 허겁지겁 식판을 비우며 간신히 마지막 밥알까지 삼켰다. 목구멍은 여전히 매캐했지만, 쌀의 단맛이 온몸에 퍼졌다.

형사는 눈길 한 번 주지 않은 채 책상에 앉아 책장을 넘기고

있었다. 그의 표정은 무심했고, 책 속 문장만 따라가듯 시선을 옮길 뿐이었다. 그의 책 읽기는 순호가 밥을 다 먹은 뒤에도 멈추지 않고 이어졌다. 순호가 숟가락을 내려놓고도 30분이 지나서야 형사는 마침내 책과 라이터를 책상 위에 올려두고는 고개를 들어 순호를 바라보고 그를 향해 물었다.

"근데, 김정우가 누굽니까?"

얼굴은 사람 좋은 얼굴을 하고 있는 듯했지만, 그의 목소리는 결코 가볍지 않았다. 방 안 공기가 단번에 무겁게 가라앉았다.

"제… 제… 제 친구입니다."

순호는 겨우 목소리를 짜냈다.

"아니, 책… 전달하라고 시킨… 사람이, 김정우입니다."

형사의 눈매가 가늘어졌다.

"진짜요?"

순호는 고개를 천천히 끄덕였다.

"…네. 맞습니다. 맞습니다."

목소리는 점점 더 작아졌지만, 그는 연거푸 맞다는 말을 반복했다. 형사는 길게 한숨을 내쉬었다.

"황성식은 그럴 수 있다고 치고…"

그는 잠시 말을 멈추고 순호를 똑바로 응시했다.

"어떻게 자기 친구를 팔아요? 매정한 양반이네."

그 말은 무심히 던져졌지만, 순호의 가슴 깊숙이 비수처럼 박했다. 순호는 그제야 얼굴을 감싸고 고개를 떨구었다. 눈가가 붉어지더니, 이내 뜨거운 눈물이 볼을 타고 흘러내렸다.

순호의 어깨가 들썩였다. 눈물이 멈추지 않았다. 아무리 고개를 숙여도 뜨거운 눈물이 바닥으로 뚝뚝 떨어졌다. 코끝은 붉게 달아올랐고, 숨을 들이쉴 때마다 흉곽이 덜컥거렸다.

형사는 잠시 그를 가만히 바라보다 깊은 숨을 내쉬고 천천히 주머니에 손을 넣었다. 곱게 접힌 흰 손수건이 그의 손끝에 잡혔다.

"자."

짧게 내뱉은 말과 함께 형사는 손수건을 뻗어 순호의 얼굴을 닦아주었다. 뺨을 타고 흐르는 눈물 자국을 조심스럽게 훔쳐냈다. 거칠 줄 알았던 손길은 의외로 부드러웠다.

"고생했어요."

목소리는 낮았지만 묘하게 따뜻했다. 형사는 다시 한번 손수건으로 순호의 눈두덩을 눌러주며 말을 이었다.

"아마 곧 나가게 될 겁니다. 그동안 있었던 일들… 다 잊어버려요. 기억하려고 하면, 사는 게 더 힘들어져요."

순호는 아무 말도 하지 못했다. 눈물은 여전히 멈추지 않았고, 목은 꽉 막힌 듯 소리가 나오지 않았다.

형사는 마지막으로 손수건을 접어 그의 무릎 위에 올려두며, 담담하게 덧붙였다.

"그 친구… 절대 찾지 말고. 그냥 조용히 살아요. 알겠죠?"

순호는 무릎 위 손수건을 말없이 내려다보았다. 눈물이 또르르 굴러 그 위에 작은 얼룩을 남겼다. 순호는 손수건을 무릎 위에 올려둔 채, 한참을 뜸 들이다가 겨우 입술을 달싹였다.

"제 친구는… 어떻게 되는 겁니까?"

형사는 자리로 돌아가서 책을 손에 들었다.

"북한 지령을 전달하라고 시킨 거예요. 처벌받아야죠."

순호의 목구멍이 갈라지듯 끓어올랐다. 정우와 그의 부모님의 얼굴이 떠올랐다. 그는 떨리는 손끝을 붙잡으며, 애써 고개를 들지 않고 물었다.

"그럴 친구가 아닌데… 어떻게 …방법이 없을까요?"

짧은 침묵이 흘렀다. 형사는 책장을 덮으며 시선을 들었다. 차가운 눈빛이 순호를 정면으로 꿰뚫었다.

"그럴 친구가 아니라니요?"

순호는 손끝이 덜덜 떨려 무릎 위에 올려둔 손수건이 흘러내렸다. 목이 메어 단어 하나 내뱉는 데에도 힘이 필요했다.

"애초에… 그 친구가 가지고 있던 책을… 제가… 멋대로 들고 온 겁니다."

형사의 눈썹이 미세하게 꿈틀거렸다.

"멋대로요?"

순호는 고개를 깊숙이 떨구고, 거의 읊조리듯 이어갔다.

“정우가 전달하라고 시킨 적 없습니다. 책 제목도… 내용도… 저는 확인한 적이 없습니다. 그저… 신문인 줄만 알았습니다. 정말입니다, 형사님.”

방 안은 잠시 정적에 잠겼다. 형사는 손가락으로 책 표지를 툭툭 두드리며, 무표정하게 순호를 내려다봤다.

“박순호 씨 말대로면… 김정우는 이 건이랑 상관없는 거네. 그치?”

순호는 손수건으로 눈물을 닦으면서 고개를 수차례 끄덕였다.

잠시 정적이 흐른 뒤, 형사가 갑자기 크게 웃었다.

그 소리가 너무 커서 순호는 놀라 멍하니 그를 바라봤다. 이내 철문이 열리고 반장과 김 사원이 들어왔다.

“죄송합니다, 실장님.”

김 사원이 허리를 숙이며 눈치를 보았다. 반장도 고개를 숙이며 인상을 쓰고 눈을 질끈 감고 있었다. 실장이 자리에서 일어나 책상에 올려둔 라이터를 들더니,

“며칠을 데리고 있었는데. 이렇게밖에 못해?”

라이터 모서리로 반장의 이마를 ‘콕’, 김 사원의 이마도 ‘콕’ 두 번 찍었다.

“이래서 너네 짭새들이 안 되는 거야.”

그의 달라진 목소리가 방 안을 단숨에 얼어붙게 했다. 순호는 고개를 숙인 채 바들바들 떨고만 있었다. 반장과 김 사원이 실장

의 말에 허리를 숙였지만, 눈빛은 순호를 향해 싸늘히 빛나고 있었다. 실장은 짧게 손짓했다.

"내 옷."

반장은 왼팔에 걸어두었던 옷가지를 펴서 먼지를 턴 후, 실장에게 내밀었다. 실장은 옷을 받아 들고, 고개를 돌려 순호 쪽으로 가서 무릎을 굽혔다. 이내 자신의 손수건을 낚아채고는 순호를 비웃듯이 바라봤다. 그 미소는 조금 전까지의 따뜻함과는 전혀 달랐다.

"박순호."

짧게 불려진 이름에, 순호의 심장이 덜컥 내려앉았다.

그의 목소리는 더 이상 부드럽지 않았다.

"넌 진짜 멍청한 놈이다."

그 말에 순호는 무표정으로 고개를 들어 그를 바라봤다. 그의 손에는 며칠 전 반장이 순호를 조사할 때 몸에 걸치고 있었던 그 옷이 들려있었다. 실장이라 불린 형사는 더 말하지 않고 가볍게 손짓하며 방을 나섰다. 그가 지나가는 복도에서는 라이터를 열고 닫는 '짤깍' 소리가 울려퍼졌다. 그 소리가 사라질 때쯤 방 안의 공기는 송곳처럼 날카로워졌다. 반장이 곤봉으로 순호의 등을 무자비하게 때렸다.

"이 개새끼가—!"

순호는 맞을 때마다 외마디 비명을 질렀다. 그러고는 반장의 발목을 잡으며 빌었다. 그의 얼굴은 핏기가 사라져 하얗게 질린 상태였다.

"잘못했습니다… 제발… 제발 살려주십시오…"

순호는 온몸을 덜덜 떨며 무릎을 꿇었다. 그러고는 머리를 연신 조아렸다.

"다시는 거짓말 안 하겠습니다… 다시는 거짓말 안 하겠습니다… 다시는 거짓말 안 하겠습니다…"

그러나 김 사원이 대꾸 없이 순호의 머리채를 잡고 질질 끌었다. 반장은 철문을 열고 오른쪽으로 돌아 복도 끝쪽으로 가서 미리 문을 열어놓았다. 복도는 차갑고 중간중간 다른 철문들에서 비명이 흘렀다.

복도 끝 방은 조금 더 넓었는데, 원래 고문이 끝나면 본인 방으로 돌려보내졌지만, 이제는 그러지 않았다. 고문은 교대로 멈추지 않고 계속되었다.

순호를 대하는 형사들의 태도도 바뀌었는데, 이전에는 별다른 감정 없는 그저 교본대로의 고문이었다면, 지금은 순호를 향한 분노가 느껴졌다.

며칠이 지나자 순호의 모든 신체가 부위가 부어올라 굳어 있었고, 관절마다 모래를 집어넣은 듯 갈라진 소리가 났다. 살갗은 여기저기 찢겨 피와 멍이 겹겹이 얹혀 있었고, 오래 묶인 자국은 검게 썩어들어가는 듯했다.

특히 얼굴은 알아볼 수 없을 정도로 부어올라 눈꺼풀조차 제대로 뜨이지 않았고, 이빨이 거의 다 빠져 정확히 말하기 힘들었다. 숨을 몰아쉴 때마다 폐 깊숙이 고여 있던 고통이 갈비뼈를 찌르듯 올라왔고, 가래 섞인 피가 목구멍에서 끓어올랐다.

순호는 그 넓은 방에서 꽤 오랫동안 나오지 못했다.

***

짐을 모두 트럭에서 내려 방에 옮기자, 순호는 무릎과 어깨에 뻐근한 통증을 느끼며 깊게 숨을 몰아쉬었다. 땀이 이마를 타고 흘러내리자, 그는 낡은 장갑을 벗어 손등으로 이마를 닦았다. 추운 날씨 탓에 몸에서 증기가 올라왔다. 정우는 집 안에서 아내와 딸에게 짧게 인사를 건넸다. 그러고는 목도리를 목에 메고 천천히 순호 쪽으로 걸어왔다.

"수고 많았다."

40년 만이었다.

앳된 청년의 얼굴이 이제는 세월을 정면으로 받아낸 한 남자의 얼굴이 되었다. 눈가에는 주름이 깊게 패었고, 이마 위로 흘러

내린 땀방울이 그 주름 사이로 스며들었다. 하지만 웃을 때 살짝 올라가는 입꼬리와 말없이 내뿜는 따뜻한 기운만큼은 변하지 않았다.

순호는 떨리는 입술을 간신히 움직였다.

"응… 너도 고생 많았어. 딸도 있구나."

정우는 잠시 미소 지으며 고개를 끄덕였다.

"그래, 세월이 이렇게 갔네."

그러더니 시선을 다시 순호에게 고정하며 물었다.

"넌… 결혼 안 했어?"

순호는 대답 대신 눈을 내리깔았다. 목젖이 한 번 크게 움직였지만, 그 이상은 아무 말도 나오지 않았다.

땀이 식어가는 이마 위로 서늘한 바람이 스쳤다. 정우는 그 침묵을 오래 두지 않고, 일부러 너스레를 떨듯 웃어넘겼다.

"나도 늦게 결혼했어. 딸 하나 있는데 지 엄마 편이야. 나도 실질적으론 그냥 혼자야, 혼자. 솔로."

억지스러운 농담이었지만, 그 웃음 뒤에 씁쓸한 주름이 더 깊게 패었다. 순호는 장갑을 다시 챙겨 쥐며 조심스레 입을 열었다.

"나… 이제 가봐야겠다. 네 시쯤에 다른 작업이 있어서."

정우는 미소를 머금은 얼굴로 잠시 그를 바라보다가, 천천히 말을 꺼냈다.

"여기… 어딘지 알지? 우리 마지막으로 술 마셨던 거기야."

그 순간, 순호의 목이 뻣뻣하게 굳어졌다. 입술이 달싹였지만 소리는 나오지 않았다. 눈동자만 흔들리며 땅바닥을 향했다.

정우는 여전히 사람 좋은 웃음을 지었다.

"술 한잔하고 가. 일 없는 것 같던데."

순호는 애써 침을 삼키며 고개를 들지 못한 채 중얼거렸다.

"나… 차가 있어… 그리고 지갑도 안 가지고 왔어."

그러자 정우의 웃음기가 서서히 사라졌다. 눈빛은 여전히 부드러운 듯했지만, 표정 전체가 서늘하게 굳어졌다. 입꼬리조차 움직이지 않은 채 낮고 단호한 목소리가 흘러나왔다.

"한잔하고 가. 할 이야기도 있고."

그의 말투에는 더 이상 여지가 없었다. 방금 전까지만 해도 따뜻했던 정우의 분위기가 돌처럼 무겁게 가라앉았다.

순호의 어깨가 저절로 움츠러들었다.

"…그래, 알겠어."

입술이 겨우 떨어져 나온 목소리는 바람에 금세 흩어질 만큼 작았다. 정우는 그 대답을 기다렸다는 듯 고개를 끄덕이고는 앞장서 걸음을 옮겼다.

"조금 걷자. 저기 시내에 먹을 만한 곳이 있더라."

순호는 어색하게 고개를 끄덕이며 뒤따르다가, 조심스럽게 물었다.

"…여기 말고, 차 타고 서울로 갈까?"

정우가 잠시 걸음을 멈췄다. 그러고는 고개를 옆으로 돌려 순호를 바라봤다. 표정은 여전히 웃음기 섞인 온화함이었지만, 그 아래에 단단한 무언가가 비쳤다.

"나도 여기 40년 만이야. 딸이 여기로 대학 오는 게 아니었으면, 아마 평생 여기 화전동 쪽으론 안 왔을걸?"

그는 담담히 웃으며 다시 걸음을 옮겼다.

"여기로 가자."

순호는 고개를 숙인 채 뒤를 따르다가, 문득 정우의 걸음걸이에 시선이 멈췄다. 여전히 키가 큰 정우는 한 걸음을 넓게 뻗었지만, 왼쪽 다리가 땅에 닿을 때마다 살짝 굽어져 있었다. 멀쩡히 걷는 듯 보이면서도, 자세히 보면 분명 절뚝였다.

큰 체구에 가려져 사소한 흠처럼 보였지만, 순호는 그 모습이 눈에 걸렸다. 여전히 따뜻한 미소와 달리, 그의 걸음은 예전의 정우가 아니었다. 순호는 눈길을 떼지 못한 채, 저도 모르게 입술을 깨물었다.

"정우야… 너 다리가…"

순호가 조심스레 말을 꺼내자 정우는 피식 웃으며 고개를 저었다.

"나이 먹으면 몸이 하나둘 고장 나는 거야."

순호는 말이 끝나자마자 낮게 말했다.

"그럴 리가…"

그 순간, 정우는 걸음을 멈추고 길가에 잠시 서서 한숨을 길게 내쉬었다. 그의 얼굴에 옅은 웃음이 번졌지만, 금세 씁쓸함이 묻어났다.

"보안사에 끌려갔었어."

순호의 눈빛이 크게 흔들렸다. 정우는 그 눈을 똑바로 보며 말을 이어갔다.

"정말 지독한 곳이었지. 몇 달 있다가 나왔는데… 몸이 멀쩡한 곳이 없더라."

그는 천천히 왼손을 들어 올렸다. 그림자가 드리운 손가락 두 개가 제대로 굽혀지지 않은 채 굳어 있었다.

정우는 그것을 빤히 내려다보다가, 담담하게 덧붙였다.

"다리뿐만이 아니야, 여기 손가락도 굽혀지지가 않아."

순호는 입술만 달싹일 뿐, 끝내 아무 말도 하지 못했다. 숨이 막힌 듯 가슴이 오르락내리락할 뿐이었다. 정우는 잠시 그런 순호를 바라보다가, 다시 사람 좋은 웃음을 지으며 다가왔다.

"술 한잔하면서 이야기하자."

그러면서 그의 굳은 왼손이 아닌 오른손으로 순호의 어깨를 덥석 감싸 안았다. 순호의 어깨 위에 올려진 정우의 무게가 묘하게 무겁게 느껴졌다. 순호는 고개를 숙인 채 발걸음을 옮겼다.

정우는 그런 순호를 보고 입꼬리를 올렸지만, 그 웃음은 어딘가 어색하게 일그러져 있었다. 그 이후로 두 사람은 한동안 아무런 이야기도 하지 않았다.

시내에 다다르자 오래된 간판이 삐죽 솟아 있는 허름한 술집이 눈에 들어왔다. 그 옆에는 창문이 깨진 채 방치된 여관 건물이 덩그러니 서 있었다. 페인트가 벗겨지고 녹슨 간판은 더 이상 글씨도 알아볼 수 없었지만, 순호는 그곳이 어디인지 단번에 알았다.

숨이 목구멍에서 턱 막혔다.

그는 최대한 고개를 숙이고, 정우와 함께 술집 안으로 들어갔다. 안은 싸늘할 만큼 조용했다. 손님은 아무도 없었고, 묵은 기름 냄새와 술 냄새가 뒤섞여 코를 찔렀다.

순호는 조끼와 패딩 점퍼를 차례대로 벗어 의자에 걸어두었다. 정우 또한 외투를 벗어 의자 위에 올려두었다. 그러자 나이든 주인장이 느린 발로 다가와 메뉴판을 테이블 위에 내려놓고 기다렸다. 정우가 메뉴판을 집어 들며 순호를 보았다.

"뭐 먹을까? 점심도 못 먹고 일해서 배가 고프다."

순호는 잠시 망설이다가 낮게 말했다.

"내가… 고춧가루를 못 먹어…"

정우는 눈을 깜빡하다가 이내 고개를 끄덕였다.

"그래? 그럼 어묵탕에 밥이나 한 그릇 하자. 술은 그거에 맞춰서 먹으면 되지."

이내 손을 들어 사장에게 말했다.

"사장님, 여기 어묵탕이랑 공깃밥 두 개 먼저 주세요. 소주 한 병도요."

그의 목소리는 여전히 가벼웠지만, 순호의 마음은 그렇지 못했다. 주문이 끝나고, 잠시 정적이 내려앉았다.

술집 안은 텅 비어 있었고, 벽걸이 시계 초침 소리가 또각또각 울렸다. 순호는 손가락을 꼬며 정우의 눈치를 살폈지만, 차마 먼저 말을 꺼내지 못했다.

고개를 들면 정우와 눈이 마주칠까 두려워, 테이블 위 물컵만 멍하니 바라봤다. 반면 정우는 무심한 듯 휴대전화를 꺼내 들었다.

커다란 손가락이 화면 위를 바쁘게 움직였다. 가끔 눈썹이 찌푸려졌다가 풀렸고, 메시지를 읽는 듯한 눈빛이 번뜩였다.

"순호야."

정우가 갑자기 말을 꺼내더니, 휴대전화를 살짝 흔들었다.

"나 거래처에 전화 몇 통만 할게. 금방 끝나 미안해."

순호는 움찔하며 고개를 끄덕였다.

"어… 알겠어. 천천히 해."

정우는 곧장 수화기를 귀에 대고는 낮은 목소리로 통화를 이어갔다.

"예, 예… 네. 그 부분은 오늘 안으로 처리하겠습니다."

“…네, 그럼 내일 오전에 뵙죠.”

“…아, 그건 제가 따로 전달할 테니 걱정마세요.”

목소리는 차분했지만, 몇 차례 끊고 다시 전화를 거는 동안 그의 얼굴은 점점 단호해졌다. 그 모습은 여전의 정우와는 전혀 다른, 세월을 거쳐 무언가를 짊어진 사람의 얼굴이었다.

순호는 조심스레 눈길을 올려 그를 바라보다가, 이내 다시 고개를 숙였다. 정우의 입술 사이에서 오가는 단호한 말투는 낯설게 느껴졌고, 그저 숨죽여 밥이 나오기를 기다릴 수밖에 없었다. 잠시 뒤, 뜨거운 김이 모락모락 피어오르는 어묵탕과 밥 그리고 소주 한 병이 상 위에 올려졌다.

냄비에서 흰 김이 피어올라 순호의 얼굴을 감쌌다. 정우는 그제야 휴대전화를 내려놓았다.

“아이고, 미안하다. 회사 직원이 몇 명 없어가지고… 내가 직접 챙길 게 많네.”

얼굴에는 피곤한 기색이 스쳤다. 그는 한 손으로 가스버너를 탁탁 켜더니, 불을 켰다.

‘픽.’

소리와 함께 파란 불꽃이 일며, 이내 투명한 국물이 끓기 시작했다. 국물 속 어묵이 바글바글 흔들리고, 김이 더 진하게 퍼져 올라왔다. 정우는 국자를 들고 국물을 휘저으며 피식 웃었다.

“추운데 일단 밥이나 먹자.”

순호는 맞은편에서 고개를 끄덕였다. 뜨거운 김 사이로 정우의 얼굴이 일렁이며 보였다.

40년 만에 다시 마주한 얼굴.

그러나 그사이의 세월과 상처가 켜켜이 겹쳐져 있었다. 정우가 소주병을 들었다. 병뚜껑이 '딱' 소리를 내며 열렸다. 그는 먼저 순호의 잔을 집어 들더니 소주를 채웠다.

순호가 서둘러 소주병을 받으려 손을 내밀었지만, 정우는 고개를 저으며 그대로 자기 잔에도 따라냈다. 두 잔이 김 서린 어묵탕 옆에 나란히 놓였다.

둘은 말없이 국을 떠먹었다. 젓가락이 국물 속 어묵을 집어 올릴 때마다 희미한 김이 얼굴 사이를 스쳤다.

허기를 채우듯 정우가 국에 밥을 말아 푹푹 떠먹었고, 순호도 그를 따라 조용히 숟가락을 움직였다. 간간이 소주잔이 채워지고 비워졌다. 소주병은 어느새 두어 병이 바닥을 드러냈다. 술기운이 오르자 뺨이 붉어졌지만, 둘 사이엔 별말이 없었다.

가게 안은 오래된 냉장고 돌아가는 소리와 밖에서 간간이 지나가는 차 소리만이 들렸다. 그렇게 한참을 말없이 술을 부어 넣던 끝에야, 정우가 잔을 내려놓으며 입을 열었다.

"어떻게 지냈어."

목소리는 낮고 담담했지만, 오랜 세월의 무게가 묻어 있었다.

"연락 한번 없이…"

순호는 눈앞의 소주잔을 똑바로 보지 못한 채, 손가락 끝으로만 잔을 만지작거렸다. 입술이 말라붙어 잘 떼지지 않았고, 시선은 테이블 위 어딘가를 맴돌 뿐이었다.

정우는 잔을 입술에 가져갔다가 그대로 내려놓았다. 손가락 마디가 잔을 두드리며 '톡톡' 소리를 냈다. 한숨이 길게 흘러나왔다.

"괜찮으니… 말해봐."

그는 고개를 살짝 기울이며 순호를 바라봤다.

"궁금해서 그래."

순호의 어깨가 작게 들썩였다. 김이 모락모락 피어오르는 어묵탕 흰 연기 뒤로 정우의 시선이 느껴졌다.

"그럼… 이건 말해줄 수 있어?"

순호의 눈이 흔들렸다. 정우는 잔을 내려놓고, 몸을 더 앞으로 빼 테이블 위에 두 손을 올렸다.

"재판에서는 왜 거짓말했어?"

짧지만 무거운 침묵이 흘렀다. 순호는 숨을 들이마셨다가, 내뱉지 못한 채 가슴에 걸린 기침만 토해냈다. 정우는 여전히 사람 좋은 얼굴을 하고 있었지만, 그 눈동자는 차가웠다. 그 속엔 오래 눌러온 상처와 분노를 억누르고 있는 것이 느껴졌다.

순호는 결국 낮게 입을 열었다.

"재판할 때…"

목소리는 거친 숨에 섞여 제대로 이어지지 않았다.

"형사들이… 방청객 자리에 앉아 나를… 노려보고 있었어."

정우의 표정이 순간 굳어졌다. 순호는 자기도 모르게 두 손으로 허벅지를 꽉 쥔 채, 시선을 들지 못하고 계속 말을 더듬었다.

"재판에서 다르게 말하면… 다시 끌려간다고 했단 말이야… 그게… 너무 무서워서…"

순호는 목이 막히자 억지로 소주를 들이켰다. 하지만 목구멍이 이를 밀어내어 크게 기침이 나왔다.

"콜록—

정우는 말없이 그런 순호를 바라봤다. 시선은 차갑지도, 따뜻하지도 않은, 어딘가 멀리 떨어진 눈빛이었다.

순호의 두 눈가가 벌겋게 젖어 들었다. 맺힌 눈물이 금세 흘러내려 볼을 타고 식어갔다.

"미안하다, 정우야. 정말 미안해…"

목소리는 이미 흐느낌에 젖어 갈라졌다.

"근데… 정말 너무너무 무서웠어…"

말끝이 흐려지며, 순호는 고개를 숙이고 두 손으로 얼굴을 감쌌다. 어깨가 크게 떨렸고, 흐느낌이 손바닥에 눌려 웅얼거렸다. 정우는 한동안 말이 없었다. 가스버너 위에서 국물이 끓어오르는 소리만이 두 사람 사이를 채웠다. 정우는 고개를 숙인 채 잔을 만지작거리다가, 갑자기 시선을 들었다.

그 눈빛이 매섭게 순호를 꿰뚫었다.

“나도 고문받았어.”

짧지만 단호한 말이 순호의 가슴을 후벼팠다.

정우의 목소리가 낮아졌지만, 그 안엔 오래 묵은 분노와 맺혀 있던 한이 묻어 있었다.

“남영동에서 네가 거짓말할 수밖에 없었다는 건 나도 이해해. 그래도 재판에서는 바로 잡을 수 있었잖아.”

그는 잠시 말을 멈추고 잔을 내려놓았다. 술이 튀어 탁자 위에 몇 방울 흩뿌려졌다.

“나는 너 얼굴 보는 순간 살았다고 생각했었는데, 어떻게…”

순호는 고개를 들지 못한 채 술잔만 만지작거렸다. 정우의 목소리는 낮았지만 그만큼 날카롭게 가슴을 찔러왔다.

“어떻게 나한테 그럴 수가 있어?”

순호는 더욱 고개를 숙여 시선을 무릎에 두었다. 그 모습을 본 정우가 크게 꾸짖듯 소리쳤다.

“어떻게 그럴 수 있냐고!”

그 말이 끝나는 순간, 순호의 고개가 번쩍 들렸다.

붉게 상기된 얼굴, 잔을 움켜쥔 손마디가 하얗게 질렸다.

“그럼 나는…!”

순호의 목소리가 갈라졌다. 술기운이 얹힌 듯 떨리면서도, 오랫동안 눌러왔던 것이 터져 나왔다.

“너야 가족도 있었고, 지금도 잘살고 있잖아. 나는… 너가 샀던 그 책 때문에 끌려가서… 너가 산 책만 아니었어도!”

순호의 입술이 떨렸고, 목젖이 크게 위아래로 움직였다. 말끝은 오히려 울부짖음에 가까웠다. 술잔이 그의 손끝에서 덜그럭 소리를 내며 흔들렸다. 술기운도, 김이 모락모락 나는 음식 냄새도 어느새 사라진 듯했다.

두 사람 사이에는 긴 침묵이 흘렀다.

잔은 빈 채로 식탁 위에 덩그러니 놓여 있었다. 한참을 말없이 있던 정우가 천천히 입을 뗐다. 목소리는 낮고 담담했다.

“아버지는 안기부에 끌려가셨어.”

정우의 시선은 테이블 위에 박혀 있었다.

“거기서 돌아가셨어.”

순호의 눈이 커다랗게 흔들렸다. 그러나 정우는 눈길조차 주지 않았다.

“나 그렇게 재판받고, 결국 어머니가 집이며 공장까지 통째로 정부에 바치고서야… 겨우 풀려났다.”

정우의 손끝이 술잔을 천천히 굴렸다. 잔은 덜그럭 소리를 내며 탁자 위를 돌았다.

“어머니도 화병으로 돌아가셨고… 누나는 이제 연락도 안 돼.”

정우는 고개를 아주 천천히 들어, 순호를 똑바로 바라봤다. 눈빛은 고요했지만, 그 안에 깔린 원망과 상실은 감출 수 없었다.

“우리 부모님이 왜 돌아가셨다고 생각해?”

순호는 여전히 아무 말도 하지 못한 채, 고개를 숙이고 있었다. 말을 꺼내려 했지만, 목구멍은 메말라 붙어버렸고, 눈동자는 테이블 위에서 단 한 번도 움직이지 않았다. 의자 다리가 삐걱거리는 소리가 들렸다. 정우가 외투를 집어 들고 천천히 일어서더니, 지갑에서 빳빳한 오만 원짜리 네 장을 꺼내 테이블 위에 툭 내려놓았다.

“너 때문이야.”

그의 목소리는 낮았지만, 방 안을 가득 메울 만큼 무거웠다.

“미안한 척할 필요 없어.”

순호의 시야가 순간 흐려졌다. 눈물이 아니라, 심장이 무너져 내리며 모든 감각이 흔들리는 듯한 기분이었다.

정우는 외투를 걸친 채, 문 쪽으로 발걸음을 옮겼다. 문손잡이를 잡고 잠시 멈추더니, 고개를 살짝 돌려 마지막 말을 내뱉었다.

“내가 샀던 책 때문이라고 했지?”

짧은 침묵이 흐른 뒤, 정우의 입꼬리가 쓸쓸하게 일그러졌다.

“난 그런 책 산 적 없어. 시집 몇 권 샀을 뿐이야.”

문이 덜컥 소리를 내며 닫혔다. 남겨진 건 식탁 위에 덩그러니 놓인 네 장의 오만 원짜리와 국물 위로 희미하게 피어오르는 김 뿐이었다. 순호는 입술을 달싹였으나, 아무 소리도 나오지 않았다. 마치 모든 공기가 빠져나가 버린 듯, 몸은 그 자리에 뿌리를 내린 나무처럼 굳어버렸다.

한참을 멍하니 허공을 응시하던 순호는 떨리는 손으로 식탁 위에 놓여 있던 물컵을 집어 들었다. 그러고는 소주병을 거칠게 따더니, 아무렇지도 않게 물을 따르듯 그 안에 가득 채웠다.

투명한 액체가 컵 가장자리까지 출렁이며 넘칠 뻔했지만, 그는 개의치 않았다. 입술이 컵에 닿자마자 그는 단숨에 들이켰다. 목 구멍을 파고드는 술이 잠겨 있던 속을 다시 지지는 듯 타올랐다. 쓴맛이 입안을 조여왔고, 위장은 당장이라도 거부할 듯 뒤틀렸지만, 그는 곧바로 다시 병을 잡았다.

"크윽…"

가슴이, 너무 아팠다. 그 통증을 덮어버리려면, 입안 가득 독 같은 술을 채워야만 했다. 쓴 숨이 목구멍을 찢고 나왔지만, 곧 다시 소주로 그 빈자리를 메웠다. 병은 금세 바닥을 보였고, 또 다른 병이 열렸다.

둘, 셋…

쌓여가는 빈 병들에 노인이 소주를 가지고 올 때마다 흠칫 놀 랐다. 네 번째를 넘어가자 손에 병이 제대로 잡히지도 않았다. 간 신히 두 손으로 병을 붙들었다. 넘어지는 병이 소리를 내며 바닥 을 굴러도, 그는 아랑곳하지 않았다.

그의 세상은 이미 빙빙 돌고 있었다.

천장이 기울고, 눈앞이 깜박거렸다. 숨조차 의지대로 들이켜지고 뱉어지지 않았다. 그럼에도 그는 멈추지 않고 술을 억지로 밀어 넣었다. 정신은 이미 희미하게 되었지만, 그 공허와 절망만은 지워지지 않았다.

빈 병이 일곱 병을 넘어갈 때, 그의 눈에는 이미 초점이 사라졌고, 왼쪽 눈은 감겨 떠지지 않았다. 그럼에도 그는 힘을 짜내 계속 소주병을 더듬었다. 마치 그 병 속에 그의 아픔을 해결해줄 무엇인가가 들어있는 것처럼.

시간이 흘러 새벽이 되자, 술집 안 불은 순호 바로 위 전등 빼고는 꺼지고 없었다. 순호는 빈 술병들 사이에 고개를 처박은 채, 테이블에 몸을 묻고 깊은 잠에 빠져 있었다. 코끝에서 술 냄새와 피비린내 같은 구취가 섞여 흘러나왔다.

주인장은 다가와 순호의 옆구리를 툭툭 건드렸다.

"이봐요, 새벽 두 시야. 닫을 시간 지났어. 얼른 일어나."

그는 순호에게서 대답을 듣지 못하자 테이블 위에 놓인 5만 원짜리 네 장을 챙겼다.

"20만 원이면 충분하지…"

작게 중얼거리며 주인은 순호를 다시 한번 흔들었다.

순호는 힘겹게 몸을 일으켜 바닥에 쓰러졌다.

"어이구. 어이구."

노인이 그 모습을 보고 혀를 끌끌 차며 주방으로 돌아섰다.

순호가 비틀거리며 몸을 추스르더니, 패딩 점퍼 대신 조끼만을 들고 반 팔 위에 걸쳤다. 패딩 점퍼가 의자 밑으로 떨어져 뒹굴었다.

주인은 주방에서 그 모습을 보고 소리쳤다.

"파카 입고 가야지!"

순호가 그 말을 듣지 못하고, 술집 문을 열고 나왔다. 차가운 새벽 공기와 눈보라가 그의 얼굴을 매섭게 때렸다.

"뭐, 돌아오겠지."

식당 안에서 노인이 귀찮다는 듯 말하고 시선을 돌렸다.

언제부터 내렸는지 모를 새벽 눈발은 밤새 퍼부은 듯 거리를 덮고 있었고, 하얀 세상 위로 아직도 눈송이가 쉼 없이 떨어졌다.

순호는 반팔 차림으로, 아무렇지 않게 그 눈 속을 걸어 나갔다. 그의 숨결이 입김으로 터져 나와 그의 눈꺼풀을 서서히 얼렸지만, 그는 추위를 느끼지 못했다. 몸속 깊은 곳에서 피어오르는 타는 듯한 술기운과 가슴 깊은 곳에서 곪은 상처가 뒤섞여 있었기 때문이다.

한참을 비틀대며 걷던 그는 결국 전봇대 밑에 주저앉았다. 등을 전봇대에 기댄 채, 다리를 쭉 뻗고 고개를 떨구었다. 차가운 철 기둥이 등에 닿았지만 감각은 둔했다. 눈송이가 어깨와 머리 위에 소리 없이 쌓여갔다.

순호는 그것을 털어내지 않고, 그저 숨만 내쉬었다. 그 숨결마저 곧 눈송이와 뒤섞여 사라지고 있었다.

얼마나 시간이 흘렀을까.

순호는 문득 몸이 따뜻해지는 걸 느꼈다.

그는 그것이 죽음이라고 생각했다.

얼어붙은 눈꺼풀이 도무지 떠지지 않는 것도, 그가 더 이상 세상과 닿지 않기 때문이라 여겼다.

그때, 짤깍 짤깍—거리는 소리가 들려왔다. 오래전 그날 들었던 라이터 뚜껑이 열렸다가 닫히는 소리, 그 소리가 귀에 들어오며 숨이 가빠졌다. 이내 어딘가에서 낮고 차가운 목소리도 들려왔다.

"박순호…"

심장이 덜컥 내려앉았다.

역시 익숙한 울림이었다.

억지로 힘을 주어 눈꺼풀을 젖히자, 눈앞에 한 사람이 서 있었다. 눈발 사이로 드러난 얼굴은 남영동의 실장이었다. 매끄럽고 잘생긴 얼굴에 서늘한 웃음, 낮게 깔린 목소리. 그는 어김없이 경찰 근무복을 입고 있었다. 칼라 옆 무궁화 자수가 새하얀 눈빛에 번져 보였다.

"친구 팔아먹은 놈이 괴로운 척은."

실장은 고개를 기울이고 비죽거리며, 순호를 내려다봤다. 그 시선이 온몸을 관통하자, 어느새 반장이 곁에 나타나 있었다. 그의 군은 손이 순호의 오른쪽 어깨에 올려졌다. 냉기 어린 손길은 낯익은 공포를 불러일으켰다.

"다시 처음부터 시작한다 했지?"

그 말 한마디에 순호의 숨이 턱 막혔다. 술기운에 흔들리던 정신이 순간적으로 번쩍 맑아졌다. 심장이 미친 듯이 고동치며, 본능이 그의 손을 움직였다.

조끼 안주머니에 숨겨둔 송곳.

낡고 차갑게 날 선 쇠붙이가 그의 손에 감겼다. 덜덜 떨리는 오른손으로 그것을 움켜쥐고, 주저할 틈도 없이 반장의 목을 향해 힘껏 밀어 넣었다.

'푹─'

순간, 온 세상이 정적에 잠긴 듯했다. 피인지 눈인지 알 수 없는 뜨거운 기운이 손등을 타고 스며들었다.

순호는 벌어진 입술 사이로 숨을 몰아쉬며 눈을 치켜들었다. 눈꺼풀이 바스락거리는 소리와 함께 서서히 떠졌다.

실장의 비웃음도, 반장의 얼굴도, 눈발에 뭉개져 사라졌다.

비
오
는
날

＊＊＊

경기도에 올라온 지 벌써 3년.

경찰 시험만 7년을 붙잡고 나서 겨우 얻은 자리가 이곳이었다. 남들은 2년이면 합격한다는 시험이었지만, 유림에게는 그렇게 단순한 일이 아니었다.

낮에는 아르바이트하며 손님들을 상대하고, 밤에는 책상에 앉아 눈을 비비며 피곤함과 싸워야 했다. 공부에만 매달릴 수 있는 자들과는 출발선이 달랐다. 누구보다 열심히 공부했지만, 그 격차가 쉽게 좁혀지지 않았다.

7년이 지나 합격을 확인했을 때, 유림이 가장 먼저 떠올린 건 합격의 기쁨이 아니라 드디어 고향을 떠날 수 있다는 안도감이었다. 고향에서 멀리 벗어나면 비로소 그녀의 새로운 삶이 시작될 것이라는 막연한 기대감이 있었다.

그렇게 유림은 3년 동안 파출소로 출근했다.

대부분의 여경이 밤낮이 뒤바뀌는 교대근무를 선호하지 않았지만, 유림은 달랐다. 3교대 근무가 적성에 맞는다고 말할 수는 없어도, 최소한 이전에 그녀의 생활과 비고하였을 때 견딜 수 없는 것은 아니었다.

구름 낀 하늘 탓에 흐릿해진 햇빛이 암막 커튼 사이 작은 틈으로 침대를 비추고 점점 올라가 유림을 비추었다. 눈을 뜨기도 전에 먼저 추적이는 빗소리가 그녀의 귀에 스쳤다. 12월에 내린 비였다. 천천히 몸을 일으켜 베개를 가지런히 세워두고, 눌린 자국이 남지 않도록 손바닥으로 천을 매만지자 흰 커버가 반듯하게 펴졌다. 이불은 끝단을 안쪽으로 접어 넣어 그 위에 베개를 올려두었다.

두꺼운 암막 커튼을 걷고는 작은 탁자 위에 흩어져 있던 영수증을 휴지통에 버리고, 롤 클리너를 몇 번 굴려 바닥에 떨어진 머리카락을 청소했다.

전날도 야간 근무를 마친 탓에, 남들이 출근을 끝낸 오후 네시가 되어서야 일어났다. 다시 야간 출근을 한 시간 앞둔 시간, 간단하게 청소를 마친 유림이 찬장을 열어 코코아 가루를 꺼냈다. 컵에 뜨거운 물을 붓고 티스푼으로 몇 번 저으니 갈색 거품이 잔 위에 피어올랐다. 숟가락 끝에 묻은 가루를 혀끝으로 살짝 핥으며, 유림은 입꼬리를 올렸다. 코코아 특유의 달큰한 향이 방 안에 번졌다.

잔을 탁자 위에 올려두고는 창문을 열었다.

12월의 찬 공기와 비 냄새가 방 안과 유림의 몸 안으로 밀려들어왔다. 재빠르게 바닥에 널브러진 담요를 꺼내 몸에 두르고 탁자 옆에 의자로 도망가듯이 앉아, 코코아가 담긴 컵을 두 손으로 감쌌다.

"으으, 춥다."

유림은 천천히 홀짝이며 입술을 적셨다. 추운 공기가 얼굴에 닿은 직후 코코아에서 나온 김이 얼굴을 데워주는 순간 묘하게 균형이 맞아 행복한 기분이 들었다.

창밖에는 빗방울이 투둑 투둑 창문을 두드리고 있었다. 일정한 리듬으로 이어지는 소리에 유림의 시선은 자연스레 창가로 옮겨졌다. 별다른 생각이 없는 채로, 그저 빗소리에 맞춰 눈동자가 느리게 흔들렸다.

그때, 방 안을 가르는 날카로운 벨소리가 울렸다.

그 소리가 유난히 크게 들려 유림의 몸이 크게 흔들렸다.

'엄마.'

유림은 잔을 놓고 잠시 일어나 휴대전화를 바라보았다. 오랜만에 걸려 온 전화였지만 반가움보다 묘한 부담이 먼저 밀려왔다. 받지 말까 싶은 생각이 스쳐 갔지만, 잠깐 숨을 고르고는 수화기를 귀에 가져다 댔다.

"어."

짧은 인사를 건넨 유림의 목소리에는 떨떠름한 기색이 묻어 있었다.

"이번 달 생활비 안 보냈다."

엄마의 목소리는 늘 그랬듯 퉁명스러웠다.

"아, 까먹었네. 지금 바로 보낼게."

유림은 일부러 가볍게 대답했다.

"출근 안 했니?"

"오늘 야간 근무야. 이따 할 거야."

잠시 정적이 흐른 뒤, 엄마는 한숨 섞인 목소리로 쏘아붙였다.

"집에는 안 내려오니?"

유림은 순간 휴대폰을 살짝 귀에서 뗴었다. 길어지는 엄마의 넋두리가 수화기 너머로 작게 들려왔다. 유림은 이를 외면하고 창밖으로 시선을 돌렸다. 유리창을 타고 빗물이 길게 흘러내리고, 그 위를 두드리는 굵은 빗방울이 자꾸만 자국을 지워내며 새길을 만들었다. 창밖은 희미하게 번지고, 방 안은 빗소리에 잠식당한 듯 고요해졌다.

"알겠어?"

핸드폰에서 커진 엄마의 목소리에, 유림은 다시 천천히 귀에 가져다 대었다.

"갈게 요즘 바빠서 그래."

유림은 최대한 담담하게 말했다.

"생활비나 빨리 붙여."

엄마는 짧게 덧붙이고는 툭, 전화를 끊어버렸다.

손에 들린 휴대전화 화면이 천천히 어두워지자, 방 안은 금세 고요해졌다. 유림은 깊게 한숨을 내쉬고, 앞머리 사이로 손을 집어넣어 오른쪽 이마를 짚었다. 희미하게 남은 실밥자국. 이를 천천히 어루만지자, 이질적인 감촉이 피부에 그대로 전해졌다.

유림은 잔에서 손을 떼고 시선을 잠시 허공에 머물렀다. 잠시 전의 평화로웠던 시간으로 되돌아가려는 듯, 안경을 쓰고 탁자 위에 있던 달력을 손에 들었다.

12월 18일 야간

12월 19일 비번

12월 20일 휴가(여행)

12월 21일 휴가(여행)

12월 22일 휴가(여행)

달력에 날짜 옆에 조그맣게 적혀 있는 스케줄을 손으로 어루만졌다.

“오늘만 출근하면 된다.”

기분 좋은 떨림이 묻은 혼잣말이 그녀의 입안에서 자연스레 흘러나왔다.

유림은 태어나서 한 번도 해외여행을 가본 적이 없었다. 정확히는 비행기를 타본 적도 없었다. 학창시절에는 당연했고 대학을 다닐 때, 졸업한 뒤에도 항상 일했던 탓에 여행은 꿈도 꿔보지 못했다.

경찰이 된 뒤에 새로운 인생이 시작될 것이라 생각했었지만, 그녀의 인생은 크게 달라지지는 않았다. 집에 붙이는 생활비와 혼자 살고 있는 임대주택 월세를 감당하기에도 벅찼다. 남는 돈은 늘 빠듯했고, 통장을 열어보면 잔고는 항상 바닥이었다. 억지로 쪼개고 쪼개 매월 삼만 원, 그 작은 돈이 3년이 지나고 나서야 손에 잡히는 액수가 되어 그녀의 여행 밑천이 되어주었다. 행선지는 일본, 겨울이면 설경이 눈이 부신다는 삿포로였다.

출근 준비를 위해 화장실로 들어가 따뜻한 물로 샤워를 하고 나왔다. 한결 가벼워진 몸으로 옷장 한쪽에 두었던 캐리어를 꺼내 여벌 옷들을 차곡차곡 접어 넣고, 세면도구 파우치를 한쪽에 끼워 넣었다. 마지막으로 여권을 다시 한번 확인하고, 미리 준비해둔 해외용 유심칩도 꺼내어 그 위에 조심스럽게 올려두었다.

가방은 아직 빈 부분이 많았지만, 그 빈자리에는 설레임이 차 있는 것처럼 느껴졌다.

'내일 퇴근 후, 집을 나설 때는 공항으로 갈 것이다'는 생각이 그녀의 심장을 떨리게 했다.

유림은 긴 패딩 점퍼를 걸쳤다. 차 키를 챙겨 집을 나와 엘리베이터를 타고 주차장으로 내려갔지만, 막상 차가 어디에 있는지 기억이 나지 않았다. 차 키 버튼을 누르면서 주차 구역을 이리저리 돌자 구석 쪽에서 소리가 들려왔다.

'삐—빅'

차 앞에 큰 차가 이중주차 되어 있어 시야에 잘 들어오지 않았던 모양이다. 경찰이 되고 처음 샀던 하얀색 구형 모닝.

유림이 사는 아파트는 지은 지 30년이 넘은 낡은 건물이었다. 주차 공간이 부족해 이중주차가 불가피했는데, 바닥이 미세하게 기울어져 있어 기어를 중립에 두는 것도 불가능했다. 결국 눈치껏 차를 세우고, 다음 날 아침에 맞춰 빼주는 것이 불문율처럼 자리 잡은 곳이었다.

유림은 아무리 피곤해도, 이중주차를 해 두었다면 새벽이든 아침이든 차를 옮겨놓곤 했다. 그러나, 모두가 그러지는 않았다. 출근 시간에 주차장에서 짜증을 내고 있는 사람들은 십중팔구 주차 문제였다.

유림도 짜증이 치밀어 올랐다. 차 앞 유리에 적힌 전화번호를 눌러 전화를 걸었다. 귀에 신호음이 두어 번 울리더니, 이내 안내음이 흘러나왔다.

"연결이 되지 않아…"

순간 당황스러움이 밀려왔다. 혹시 못 들은 걸까 싶어 다시 전화를 걸었는데, 이번에는 신호음조차 길게 이어지지 않았고 안내음이 곧장 흘러나왔다.

분명히 받는 사람이 끊어버린 것이었다.

"전화를 왜 안 받아…"

유림은 낮게 중얼거리며 다시 통화 버튼을 눌렀다. 귀에 연결음이 반복되던 그때, 화면 상단에 문자 알림이 울렸다.

[회의 중입니다.]

순간 헛웃음이 나오며 깊은 한숨을 쉬었다.

[차가 이중주차 되어 있어서 못 나가고 있습니다. 빨리 빼주세요.]

신경질적으로 휴대전화를 두드려 문자를 보냈지만, 짜증이 가라앉지 않았다. 휴대전화를 손에 쥔 채, 빗소리 가득한 주차장에서 발끝만 번갈아 구르며 답장을 기다렸다.

유림은 차 안으로 들어가 시계를 흘끔 보며 10분을 기다렸지만, 답장은 오지 않았다. 유림은 미간을 살짝 꼬집은 채로, 차 문을 열었다. 차가운 공기가 얼굴을 스치고 쌀쌀한 바람을 맞으며 발걸음을 옮겼다.

주차장을 빠져나와 지상으로 올라가니, 흩어지는 빗방울들이 어느새 눈으로 바뀌고 있었다. 가로등 불빛 아래로 흩날리는 눈이 비와 섞여 투둑 떨어졌다. 유림은 패딩 주머니에 손을 찔러 넣고 관리사무소 쪽으로 발걸음을 옮겼다.

바닥만 보며 걷던 유림은 무엇인가 생각난 듯 팀장에게 전화를 걸었다. 신호음이 몇 차례 이어진 뒤, 익숙한 목소리가 들려왔다.

"어. 왜?"

유림은 곧장 고개를 숙이며 수화기를 꽉 붙잡았다.

"팀장님, 신유림 순경입니다."

"어. 그래."

팀장의 목소리가 작게 들렸다.

"지금 제 차 앞을 다른 차가 막아놔서… 아마 10분 이상 늦을 수도 있을 것 같습니다."

잠시 정적. 유림은 괜히 메마른 입술을 적셨다.

"눈 많이 온다. 급하게 오지 말고 천천히 와."

유림은 순간 긴장이 풀리며 고개를 끄덕였다.

"네, 알겠습니다. 죄송합니다."

전화를 끊고 나니, 눈발이 더 굵어져 있었다. 눈 입자들이 바람에 흔들리며 흩어내렸다.

유림은 휴대폰을 주머니에 넣고, 관리사무소 문을 열었다. 안쪽은 불이 대부분 꺼져 있었고, 여직원 한 명이 외투를 챙기며 막 나가려던 참이었다.

"퇴근 시간에 죄송합니다…"

유림이 조심스럽게 말을 건네자, 직원이 걸음을 멈추고 고개를 돌렸다.

"아, 네. 무슨 일이세요?"

유림은 휴대전화 화면을 켜서 사진을 보여주었다.

"이중주차 해놨는데 연락도 안 받네요.'

직원은 사진을 흘긋 보더니 고개를 끄덕였다.

"아, 잠시만요."

그 말과 함께 다시 책상으로 돌아가 컴퓨터 전원을 켰다. 유림은 구석에 놓인 나무 의자에 앉아 기다렸다. 방 안은 난방이 꺼져 싸늘했고, 모니터가 켜지는 소리만 조용히 울렸다. 잠시 앉아 기다리고 있으니, 직원이 자리에서 일어나 말했다.

"제가 차주한테 전화해보고 안 받으면 집으로 갔다 올게요."

직원은 전화기를 들고 다이얼을 눌렀다. 관리사무소 안에 짧은 신호음이 울리고, 전화를 받지 않자 이를 끊고는 다른 번호로 전화를 걸기 시작했다.

곧 누군가가 전화를 받은 듯 직원의 목소리가 이어졌다.

유림은 의자에서 몸을 일으켜 카운터 앞으로 다가갔다.

“2115 차량 차주분 댁 맞으시죠? 지금 이중주차 되어 있으니까 바로 좀 빼주세요.”

직원의 부드러운 목소리가 작은 공간에 울려 퍼졌다. 이내 수화기를 내려놓은 직원이 유림을 향해 말했다.

“지금 차 빼러 오신대요. 제가 여기서 기다리고 있을 테니까, 혹시 10분 이상 안 오면 다시 오세요.”

유림은 손사래를 치듯 고개를 저었다.

“그냥 퇴근하셔도 돼요. 내려오겠죠.”

하지만 직원은 단호하게 고개를 저었다.

“아니에요. 십 분 있어도 안 오면 꼭 와주세요.”

유림은 더 말하지 못하고, 그저 감사하다는 인사와 함께 고개를 깊게 숙였다.

밖으로 나오자, 흩날리던 눈이 얼굴을 강하게 때릴 정도로 세차게 쏟아지고 있었다. 아까와는 비교할 수 없을 만큼 굵은 눈발. 유림은 순간 발걸음을 멈추고, 하늘을 올려다보았다. 눈발은 금세 시야를 흩뜨려 놓았고, 온 세상을 흰 기운으로 덮어버릴 기세였다.

천천히 주차장으로 다시 내려가자, 한 중년 여자가 유림 앞에서 차 운전석 문을 열었다. 유림이 잠시 멈춰 서 그녀를 쳐다보았다. 여자는 아무렇지 않게 운전석에 올라타더니, 시선을 스치듯 마주치고는 시동을 걸었다.

표정엔 미안함은 딱히 없었다. 당연히 사과도 없었다. 그저 차를 다른 자리로 옮기기 위해 핸들을 돌릴 뿐이었다.

유림은 그 모습을 가만히 바라보았다.

세상을 살면서, 그리고 경찰로 근무하면서 하나의 사실을 알게 되었다. 정말 애석하게도 남에게 피해를 주는 사람들은, 자신의 행동을 부끄럽게 생각하거나, 타인에게 미안해하지 않는다는 것이다.

유림은 차에 올라타 숨을 고르며 마음을 다잡았다. 시동 걸린 차의 낮은 진동이 온몸에 퍼졌다. 곧 핸들을 잡고 천천히 주차장을 빠져나오자 눈발이 차 앞 유리창을 거세게 때렸다. 와이퍼는 쉴 틈 없이 움직였지만, 시야는 금세 흐려졌다.

급한 마음에도 바닥에 쌓여가는 눈 때문에 유림의 하얀색 모닝이 막힌 도로 위를 천천히 굴러갔다. 평소라면 삼십 분이면 도착할 거리가, 한 시간이 넘게 걸려서야 도착할 수 있었다. 유림은 이미 어둑해진 파출소 옆 주차장에 차를 세웠다. 눈발이 더 거세져 아까 전보다 훨씬 차가운 기운이 온몸을 파고들었다.

숨을 쉴 때마다 하얀 김이 그 어둠 속으로 사라졌는데, 그와 대비되게 파출소 간판은 또렷하게 빛나고 있었다.

파출소 문을 열고 들어가자, 전 팀과 유림의 팀이 교대 중이었다. 스무 명 남짓한 사람들이 한 공간에 모여 있는데, 순간적으로 모든 시선이 유림을 향했다.

"신 순경, 옷 갈아입고 와."

짧지만 단호한 팀장의 목소리에 유림은 곧장 2층으로 올라갔다. 케비넷에서 근무복을 꺼내 입고, 그 위에 내피 점퍼를 걸친 뒤 다시 경찰 점퍼를 덧입었다. 마지막으로 순찰조끼까지 착용하자 가벼웠던 몸이 축 늘어지는 느낌이 들었다. 선반에 놓여 있던 장갑을 집어 왼쪽 바지 주머니에 넣고, 넥워머를 목에 두르며 찬 기운을 막았다.

12월의 칼바람을 충분히 대비하지 않으면 금세 몸이 굳어버릴 날씨라는 걸, 출근길에 이미 충분히 체감하고 있었다.

휴게실을 나가기 전, 유림은 캐비닛 문짝에 붙은 작은 거울을 들여다보았다. 얼굴을 한 번 확인하고, 헝클어진 머리를 손가락으로 정돈한 뒤 문을 닫았다.

계단을 내려가는데, 전 근무시간 팀원들이 하나둘씩 2층으로 올라오기 시작했다. 좁은 계단에서 서로 몸을 비껴가며 내려가는데, 유림은 연신 고개를 숙이며 작은 목소리로 중얼거렸다.

"죄송합니다… 죄송합니다…"

이미 회의는 거의 끝난 듯 보였다. 유림은 자리에 들어서며 또한 번 고개를 숙였다.

"늦어서 죄송합니다…"

그리고 조용히 의자에 앉았다. 이미 지나간 대화의 자취만 공기 속에 남아 돌고 있었다.

"그건 그렇고 오늘 근무 끝나고, 해장국에 소주 한잔 어때?"

팀장이 서류철을 내려놓으면서 말했다.

그 말을 들은 유림은 가슴 속 깊은 곳에서 부터 올라오는 참을 수 없는 매스꺼움을 느꼈다. 유림은 술을 싫어했다. 그건 음주를 즐기지 않는 취향의 영역이 아니었다. 마트 진열대에 쌓인 초록병을 보는 것만으로 숨이 턱 막혔고, 비 오는 날 술 냄새가 섞인 골목을 지나갈 때는 구역질이 나왔다. 구역질을 억지로 참으면 속이 뒤틀리면서 뜨거운 무엇인가가 가슴을 타고 올라와 그녀의 이마에 상처를 아리게 했다.

"요즘 젊은 사람들은 야간 끝나면 다 집에 가서 쉬어요. 해장국에 술은 우리끼리 가시죠."

늘 그랬듯, 팀 내 차석인 선배 형선이 대신 나서며 상황을 수습해 주었다. 나머지 팀원들은 그저 조용히 고개를 숙였다. 감사하다는 말이 들리지 않았지만, 모두 같은 마음이었을 것이다. 유림도 구석에서 작은 안도의 한숨을 내쉬었다.

그 분위기를 읽었는지, 팀장이 언짢은 표정으로 인수인계 파일을 덮으며 회의가 끝났음을 알렸다.

"뭐, 그래."

말은 짧았지만, 그 안엔 뭔가 남아 있는 기색이었다. 이내 고개를 살짝 돌려 전체를 훑었다.

“방한장비 알아서 잘들 챙기라고.”

“아, 그리고 출근 시간 잘 지킵시다.”

일어서던 팀장이 말을 덧붙였다.

그 말은 특별히 누구를 겨냥한 것도 아니었지만, 순간적으로 시선 몇 개가 유림 쪽으로 흘러왔다.

팀장은 마치 아무 일 없다는 듯 밖으로 나가며 담뱃불을 붙였다. 사무실 안은 다시 조용해졌고, 종이 넘기는 소리와 팀원들의 휴대전화에서 나는 소리만 들렸다. 유림은 무안함에 고개를 깊게 숙였다.

회의는 끝났지만, 누구도 먼저 자리에서 일어나지 않았다. 다들 종이컵에 담긴 믹스커피를 홀짝이거나, 휴대전화를 두드리거나, 말없이 히터 위로 모락모락 피어오르는 열기를 바라봤다. 코끝은 실내인데도 찬기가 느껴졌다.

“누나, 왜 늦었어요?”

옆자리에서 정호가 슬쩍 물었다. 같은 팀에서 함께 근무하는 그는 유림보다 나이도 더 어렸고, 경찰에 들어온 것도 1년 늦은 후배였다. 팀에서 비슷한 또래라 자연스레 이런저런 이야기를 자주 나누곤 했었는데, 그래서인지 유림은 그에게만큼은 말을 쉽게 놓을 수 있었다. 하지만 방금 팀장이 던진 말이 아직 마음에 걸려, 대답이 바로 나오지 않았다.

유림은 어색하게 웃으며 머리를 긁적였다.

"누가 내 차 앞에 주차해놓고 전화를 안 받아서…"

"빠져서 그렇지, 빠져서."

옆에서 형선이 툭 던졌다.

"유림이 안 나오는 줄 알고 짝꿍 바뀌나 했는데, 와버렸네."

장난스러운 말투에, 유림이 마음 안에 퍼졌던 불편함이 조금은 풀어졌다. 유림은 어깨를 으쓱하며 대답했다.

"진짜예요."

머쓱하게 웃는 얼굴에, 정호가 슬쩍 피식 웃음을 보냈다.

형선은 유림이 처음 근무를 시작했을 때부터 함께했던 사수였다. 나이는 많았지만 젊은 세대들과 스스럼없이 어울렸고, 일할 때도 누구보다 성실했다. 무심하면서도 따뜻했고, 불필요한 잔소리도 하지 않았다. 파출소 안에서 드문, 진짜 선배, 어른이었다.

유림은 컴퓨터 앞에 앉아 벽에 붙어 있는 오늘의 근무일지를 확인했다. 사수 형선과 같은 조였다. 새벽 두 시부터 네 시까지 잠시 휴게를 취한 뒤, 다시 순찰을 돌고 아침에 퇴근하는 일정.

평소와 다를 것 없는 근무일지였다.

하지만 유림은 화면을 한참 들여다보며 짧게 숨을 고르듯 앉아 있었다. 매일 반복되는 근무 중에서 오늘 하루만은 다른 일이 없기를 바라는 마음이 은연중에 스쳤다.

정호가 유림 옆자리로 와 앉았다.

"누나, 다음 근무부터 휴가네요?"

유림은 가볍게 웃으며 고개를 끄덕였다.

"맞아. 휴가야."

정호가 눈을 크게 떴다.

"누나가 이렇게 길게 휴가 가는 거 처음 봐요. 고향 가요?"

"아니. 나 일본 가려고. 삿포로."

"오랜만에 휴가인데, 집은 안 가시고 일본을요?"

유림은 순간 대답을 하지 못했다. 입술이 열리려다 닫히기를 반복했고, 결국 어색한 공기가 둘 사이를 메웠다.

그때 무전기에서 짧은 송신이 들렸다.

"상황실입니다. 화랑 사거리 인도 쪽 주취자 1명, 길가에 누워 있다는 신고예요."

하루에도 몇 번씩 출동하는 신고지만 막상 떨어지면 긴장감이 손바닥에서 시작해 서서히 가슴까지 차오르는 기분이 든다. 그 미세한 떨림이 맥박과 함께 번졌다.

유림이 자리에서 일어났다.

"다녀오겠습니다."

근무모를 눌러쓰고 순찰차 앞으로 가 조수석 문을 열자, 먼저 차에 타고 있던 형선이 한숨을 쉬고 있었다.

"이런 날씨에 밖에 누워 있다는 건 죽겠다는거 아니냐?"

형선은 짧은 불평 뒤에 와이퍼를 작동해 눈을 털어냈다. 유림이 차량 계기판에 적힌 바깥 온도를 보자 영하 9도였다.

“이 날씨면 사람이 진짜 죽긴 하겠네요.”

형선이 피식 웃더니 핸들을 잡아 파출소를 빠져나왔다. 신호 두 개를 지나니 금방 사거리에 다다랐다. 유림은 창밖을 주의 깊게 살피며 신고자를 찾으려 애썼고, 이내 건너편에 누군가 손을 흔들고 있는걸 발견했다.

“저기에요. 저기. 좌회전하시면 돼요.”

“어어. 그래.”

형선은 짧게 대답을 하고 차를 신고자 앞에 멈췄다. 유림이 순찰차에서 내리자 신고자가 한쪽을 가리켰다. 그 손가락 끝 눈이 쌓여있는 곳에 누군가가 누워 있었다.

“길에 사람이 쓰러져 있길래… 너무 추워 보여서요. 잘못되는 거 아닌가 하고…”

신고자의 걱정스런 말투에 유림은 짧게 고개를 숙였다. 형선이 남자의 맥박을 확인하더니, 무전기에 손을 댔다.

“상황실, 현재 위치로 구급차 보내주세요. 주취자로 추정되는 사람이 눈길에 누워 있었어요. 얼마나 오래됐는지 몰라요.”

형선은 남자의 몸을 흔들며 물었다.

“선생님, 일어나세요. 술 드셨어요?”

남자가 얼굴을 찡그리며 몸을 뒤척였다. 형선은 유림을 향해 코에 손을 얹는 제스처를 취했다. 술 냄새를 맡아보라는 뜻으로 보였다. 유림은 그 순간 숨을 들이쉬었다. 입김 사이로 퍼지는 그 냄새. 찬 공기 사이에 섞인, 미세한 알코올 냄새.

그 자리에 선 채로, 유림은 아무 말도 하지 못했다. 심한 냄새가 아니었음에도, 순간 그 냄새가 콧속을 뚫고 뒤통수까지 치고 들어왔다. 이마에 상처가 따끔거렸다.

형선은 고개를 갸웃했다.

"술 마신 것 맞는 것 같지?"

대답이 없자 다시 한번 말했다.

"신유림."

그제야 유림은 눈을 깜빡였다. 얼굴을 살짝 옆으로 돌렸다.

"…맞아요. 술 냄새나요. 심하진 않네요."

목소리는 평소보다 낮았다. 조금 늦게 튀어나온 듯한, 생각과 말 사이에 미세한 간극이 느껴졌다.

"술 때문만은 아닐 수도 있겠어, 응급실 보내야겠다. 뇌졸중일 수도 있어, 말도 제대로 못 하잖아, 지금."

그 말을 끝내자 사거리 쪽에 구급차가 신호 대기하고 있는 것이 유림의 시야에 보였다. 구급차에서 내린 구급대원 둘이 태블릿을 들고 다가왔다. 형선과 유림이 있는 쪽에는 눈길도 주지 않고 바로 쓰러진 남자에게 향했다.

"선생님, 일어나보세요."

남자의 어깨를 강하게 누르며 억지로 깨웠다.

"선생님, 병원 응급실 가실 거예요?"

남자는 비틀거리며 대답이 없었다.

"선생님, 병원 응급실 가실 거냐구요."

구급대원이 어깨를 매우 강하게 흔들었다. 남자의 몸이 휘청거렸다.

"으… 응…"

억지로 말을 짜내듯이 남자가 대답했다.

"병원 가신다고요?"

"…으, 응."

남자가 아주 천천히 고개를 한번 끄덕였다.

"응급실 가시면 돈 많―이 나와요. 그래도 가시겠어요?"

구급대원이 비아냥대듯이 말했다. 그제서야 남자는 느리지만 확실하게 고개를 저었다.

"그래요? 그럼 여기 서명 좀 해주세요."

대원은 가방에서 태블릿을 남자에게 들이밀고, 남자는 눈을 제대로 뜨지도 못한 채, 손가락으로 태블릿에 자신의 이름을 삐뚤한 글씨로 적었다.

"저희는 철수할게요."

그 말이 떨어지자마자, 형선이 한 걸음 앞으로 다가갔다.

"그냥 가시면 어떡해요. 이 사람 응급실 안 데리고 가요?"

구급대원은 잠시 눈을 깜빡이며 형선을 쳐다봤다.

익숙하다는 듯, 피곤하다는 듯, 준비한 말처럼 이어갔다.

“의식 있고, 본인이 안 간다고 했어요.”

“지금 그게 맞다고 생각해요?”

형선의 목소리가 한 톤 올라갔다.

“제정신인지 아닌지도 모르는 사람한테 ‘돈 많이 나오는데 병원 가시겠냐’ 물어보고, ‘싫다’니까 동의서 받아서 책임 넘기면 끝이에요?”

“어떡합니까, 안 가겠다는데. 그리고 돈 많이 나오는 것도 맞아요.”

“최소한 병원 진단이라도 받아보게 해야지. 술 냄새 얼마 나지도 않는데. 이렇게 인사불성인게 안 이상해요?”

구급대원은 잠시 망설이다가 삐딱하게 대답했다.

“그러면 경찰에서 보호조치를 하시던가 하세요. 저흰 강제로 데려가진 못 합니다.”

구급대원과 형선이 설전 중에 유림은 한 발짝 떨어진 채 서 있었다. 말들이 오가고 있었지만, 그 내용이 귀로 들어와 머릿속에서 의미로 변환되지 않았다. 입김이 부옇게 번지는 걸 멍하니 바라보다가, 불현듯 코끝에 스민 알코올 냄새가 다시 짙어졌다. 그 냄새가 그녀를 현재에서 조금씩 밀어내는 듯했다. 한쪽 발끝이 눈 위에 묻혀 차갑게 젖어가는 감각만이 또렷했다. 말을 해야 할 것 같은 순간이 여러 번 있었지만,

입이 떨어지지 않았다.

“그럼 수고하세요.”

구급대원이 태블릿을 들고 구급차로 돌아갔다.

“씨발새끼들 진짜.”

형선은 자리를 떠나는 구급차 뒤에 대고 욕을 퍼부었다. 이어서 유림 쪽으로 시선을 돌렸다. 유림은 여전히 말이 없었다. 남자의 손끝이 얼어붙은 것처럼, 유림의 얼굴도 딱딱하게 굳어 있었다.

“신유림.”

형선이 짧게 불렀다. 그러나 유림은 아무 대답이 없었다. 시선은 허공에 멈춰 있고, 얼굴에는 피곤이 그대로 묻어 있었다. 형선이 유림의 얼굴 앞에서 손가락을 두 번 튕겼다.

‘딱, 딱.’

그제야 유림은 움찔하며 정신을 차렸다.

“네…”

“너 뭐해? 멍하니 서 있기만 하고.”

말투는 나무라는 쪽에 가까웠다. 유림은 입술을 달싹였지만, 말은 쉽게 나오지 않았다.

“평소엔 말도 잘하고 깐깐하게 구는 애가, 정작 말해야 할 때는 한마디도 안 하고 있어?”

유림은 눈을 깜빡이며, 숨을 한 번 삼켰다.

“죄송해요. 그냥… 술 냄새가 좀 심해서.”

형선은 유림을 몇 초간 가만히 바라보다가, 크게 한숨을 쉬며 입을 뗐다.

"이 사람 가족한테 데려다줘야겠다. 집 앞에 두고 갔다가 죽으면 우리가 죽인 거야 알지?"

유림은 말없이 고개를 끄덕이고 쓰러진 남자의 주머니에서 지갑을 꺼내 확인했다. 그가 사는 곳은 관내에 있는 작은 빌라였다.

신분증에 적힌 주소에 도착해서 초인종을 눌렀으나, 인기척이 없었다. 형선이 장갑 낀 손으로 문을 여러 번 두드렸다.

조금 뒤, 안쪽에서 바스락거리는 소리가 나더니, 중년 여자가 잔뜩 찌푸린 얼굴로 문을 열었다. 그녀의 표정은 걱정과 안도 같은 건 조금도 섞이지 않은, 피곤하고 짜증스러운 기색뿐이었다. 남자를 향해 눈을 흘기더니, 문고리를 쭉 밀어 문을 열어두었다.

유림은 잠시 여자를 바라보다가 말했다.

"남편분 아니세요? 얼른 데려가시죠."

말끝에 약간의 핀잔이 쏘아붙이듯 날아갔다.

"잡으세요."

형선은 남자를 여자와 함께 부축하여 집 안으로 밀어 넣고, 신분증과 물품을 짧게 확인한 뒤 신병을 인계했다.

곧 문이 닫히는 소리가 짧게 울렸다.

감사하다는 말은 듣지 못했다.

밖으로 나와 순찰차로 돌아가는 길, 눈이 얇게 덮인 발자국

위로 바람이 스쳤다.

"종결하고 파출소 들어가자."

형선은 순찰차 문을 열고 차에 탔다. 유림은 고개를 끄덕이며 순찰차 조수석으로 향했다.

그때, 무전기에서 잡음과 함께 소리가 터져 나왔다.

"장미아파트 1동 201호, 남편이 때린다는 신고입니다."

유림은 잠시 하늘을 올려다보며 깊은 탄숨을 내쉬었다. 입김이 차갑게 흩어졌다. 거세진 눈바람이 얼굴을 스치고 지나가자, 그녀는 손등으로 눈가를 털어냈다. 걸어온 길을 돌아보니, 방금 지나온 발자국들이 벌써 희미하게 파묻혀 가고 있었다. 눈은 쉼 없이 내려와 흔적을 지우고, 가로등 불빛은 옅은 안개처럼 퍼져 내리는 눈발 사이로 흐릿하게 깜빡였다.

*＊＊

엄마는 늘 어린 유림을 데리고 일터에 나갔다. 고등학생이 되기 전까지, 하교도 그곳으로 했다. 시내에 있던 오래된 식당의 주방 앞 테이블은 꽤 오랫동안 유림만의 자리였다.

유림은 그곳에서 숙제하고, 테이블 밑에 숨겨둔 필통에서 낡은 크레파스를 꺼내 몰래 식탁에 그림도 그렸다. 집에 가면 아버지는 늘 술에 취해 있었다. 출소한 뒤로는 일도 나가지 않고, 집에만 틀어박혀 있었다. 오후가 되면 비척비척 일어나 집 앞 슈퍼에서 술을 몇 병이고 들고 와 다시 마시기 시작했다. 집 안은 늘 술 냄새로 가득했다.

새벽까지 술을 마시던 아버지는 늘 엄마와 다투었고, 엄마가 자는 유림을 흔들어 깨우면 그녀는 집 밖 창고로 몸을 옮겨야 했다. 그 안에서 숨을 죽이고 앉아, 전쟁이 끝나기만을 기다렸다. 비가 오는 날은 특히 싫었다. 비가 오면 집 창고 천장에서 물이 새었고, 바닥은 눅눅하게 젖었다. 앉아 있을 수 없어 오랜 시간 서 있는 게 어린 유림에게는 참 힘든 일이었다. 그래서 언젠가부터 유림은 어디에 있건 창밖을 통해 그날에 날씨를 확인하는 게 습관처럼 굳어졌다.

"무슨 생각해? 정신 차려, 장갑 똑바로 끼고."

형선의 말에 유림은 정신을 차렸다. 장갑을 끼고는 호흡을 가다듬었다. 201호 현관 앞 공기는 무겁게 가라앉아 있었다.

"들어가면 피해자 먼저 챙기고, 가해자가 난리치면 바로 체포한다. 알겠지?"

형선이 낮지만 단단한 목소리로 일렀다. 오랜 경험에서 우러나온 말투였다.

"알겠어요."

유림은 대답 후 고개를 끄덕였다. 그러고는 심호흡을 한번 하고 초인종을 눌렀다. 옆에 선 형선도 장갑을 끼고 있었다. 벨을 누르고 기다렸지만 아무런 응답이 없자, 형선이 주먹으로 문을 두드렸다.

"경찰입니다. 문 열어주세요."

출동하는 동안 신고자와 여러 차례 전화를 걸었지만 단 한 번도 받지 않았다. 그래서인지 유림과 형선의 어깨에는 긴장이 묵직하게 걸려 있었다.

"경찰입니다! 문 여세요!"

형선이 이번엔 더 크게 외쳤다.

잠시 뒤, 안에서 인기척이 났고, 천천히 문이 열렸다. 문틈 사이로 나타난 건, 굳은 표정의 여자였다. 유림은 문을 잡고 노루발을 내렸다.

"잠깐 물러서세요. 저희 들어가겠습니다."

여자는 놀란 눈빛으로 뒷걸음질 치며 문 앞에서 물러났다. 형선이 먼저 안으로 들어섰고, 유림이 그 뒤를 따랐다.

여자는 편한 옷차림이었지만 머리는 심하게 헝클어져 있었고 얼굴은 창백해 보였다. 집 안은 더 어수선했다. 좁은 공간은 쓰레기와 잡동사니로 가득 차 발 디딜 틈조차 없었다.

순간 유림은 망설였다. 신발을 신고 들어가야 할지 고민이 스쳤다. 그러나 형선이 아무렇지 않게 신발을 벗고 안으로 들어서자, 유림도 따라 신발을 벗고 집 안으로 발을 들였다.

유림은 목소리를 낮추어 조심스레 물었다.

"남편 어디 있어요?"

여자는 대답 대신 손가락으로 집 안쪽, 부엌 쪽을 가리켰다. 그곳에는 남편으로 보이는 남자가 식탁에 뒤돌아 앉아 술잔을 기울이고 있었다. 입술 사이로는 낮고 탁한 욕설이 계속 흘러나왔다.

유림은 한 발 더 다가가며 낮은 목소리로 물었다.

"맞았어요?"

그 순간 여자는 두 손으로 입을 막았다. 숨죽인 울음이 새어 나오더니, 천천히 고개를 끄덕였다. 감추려던 손등 사이로 선명한 피가 흘러내리고 있었다.

유림의 시선이 그 손에 머무는 동안, 방 안 공기가 무겁게 가라앉았다.

유림과 형선은 동시에 서로의 얼굴을 바라보고 고개를 끄덕였다. 딱히 말은 없었지만, 그것으로 충분했다. 유림은 무전기 버튼을 누르고 지원을 요청했다.

"상황실, 현 위치로 지원해주세요. 가정폭력 확인됩니다."

형선은 허리에 찬 삼단봉을 꺼내 쥐었고, 유림도 들고 있던 파일철을 옆에 내려두고, 조끼 옆 주머니에서 가스총을 꺼내 흔들었다가 다시 제자리에 꽂았다.

두 사람은 발소리를 죽이며 천천히 부엌 쪽으로 다가갔다. 그 순간, 여자가 떨리는 손으로 유림의 팔을 붙잡았다.

"저기…"

유림은 짧게 그러나 단호하게 고개를 저으며 속삭였다.

"방에 들어가 계세요."

눈빛으로 안심을 건네며, 유림은 팔을 조심스레 빼내 형선의 뒤를 따랐다. 부엌 쪽 공기는 술 냄새와 함께 불길하게 무겁게 가라앉아 있었다. 남편은 여전히 술잔을 붙든 채 웅얼거리며 욕설을 중얼거리고 있었다.

"선생님, 경찰입니다."

형선이 낮지만 단호한 목소리로 말을 꺼냈다.

"소음 신고가 들어와서 나왔습니다."

술에 취한 남편은 천천히 고개를 돌려 두 사람을 바라봤다. 충혈된 눈빛이 흔들리며, 한쪽 입가에서 피식 비웃음이 새어 나왔다. 술 냄새가 진하게 퍼져나왔다.

"저년이 신고했나?"

남자가 술기운 어린 눈빛으로 부엌을 가리켰다. 유림은 곧바로 목소리를 낮춰 맞받았다.

"아내 분이 신고한 거 아니에요. 이 집이 시끄러운 것 같다고, 주변에서 신고가 들어와서 그런 거예요. 무슨 일 있었어요?"

"무슨 일이 있긴! 니미… 저년이 신고를 해?"

남자가 벌떡 일어나며 소리를 질렀다. 순간 형선이 한 발 다가서며 손을 뻗어 그의 어깨를 지그시 눌렀다.

"앉아서 이야기해요. 앉아서."

남자의 몸은 여전히 흥분으로 부풀어 있었지만, 형선의 단단한 손길에 잠시 제동이 걸린 듯 흔들렸다. 방 안 공기는 더 무겁게 가라앉았다. 형선은 유림을 한번 흘깃 보더니 턱짓으로 여자 쪽을 가리켰다. 유림은 그 뜻을 단번에 알아챘다. 바닥에 내려두었던 파일철을 집어 들고, 뒤에서 불안하게 상황을 지켜보고 있던 여자를 데리고 방으로 들어갔다.

방 안은 좁았다. 바닥에는 작은 블록 장난감들이 널브러져 있었고, 유림은 발끝으로 그것들을 옆으로 밀어내며 자리를 만들었다. 파일철을 열어 펜과 진술서를 꺼낸 뒤, 여자를 조심스럽게 앉혔다.

유림은 그녀의 긴 머리카락을 한쪽으로 넘겼다. 그 아래에는 오래된 듯한 피멍 자국이 옅은 회색으로 남아 있었다.

"지금 병원 가셔야 되는 거 아닌가요?"

유림은 조심스럽지만 단호하게 물었다.

여자가 망설이다가 작은 목소리로 말했다.

"아… 그건 아니에요…"

유림은 말없이 진술서를 그녀 앞에 밀어두고 또렷하게 일렀다.

"오늘 있었던 일, 남편이 언제부터 술을 마셨고, 어디를 어떻게 맞았는지, 평소엔 어땠는지 자세하게 쓰세요."

여자가 펜을 집었다가 망설이며 눈을 들었다.

"선생님, 저… 먼저—"

유림은 부드럽지만 단단하게 막았다.

"일단은 쓰세요. 일단 쓰시고 이야기하시죠."

종이 위에 펜촉이 닿는 소리가 방 안에 천천히 번졌다. 여자는 진술서를 받아 들고 한참 눈치를 보다가 조심스럽게 이름부터 적었다. 이어서 주민등록번호와 주소를 기재했지만, 진술 내용 칸 앞에서는 펜 끝이 멈춰 섰다.

"어떻게 적으면 되는 건지…"

여자가 작은 목소리로 물었다.

유림은 고개를 끄덕이며 차분히 설명했다.

"남편분과 법적으로 혼인한 상태인 거죠?"

"네…"

여자의 대답은 거의 속삭임에 가까웠다.

"그러면 몇 년도부터 혼인 관계인지, 그리고 오늘 몇 시에 남편에게 어디를, 몇 대 맞으셨는지… 그걸 쓰시면 돼요."

"선생님… 저 근데…"

여자가 또다시 펜을 내려놓고 머뭇거렸다. 유림이 고개를 기울이며 짜증 섞인 어투로 물었다.

"아까부터 뭐 때문에 그러시는데요?"

그 순간, 방 밖에서 큰소리가 터졌다. 무엇인가 깨지는 날카로운 소리였다. 유림은 곧장 문을 열고 나갔다. 거실 바닥에는 뒤엎어진 상, 깨진 소주병과 그릇들이 흩어져 있었다. 술 냄새와 함께 유리 파편이 반짝였다. 형선은 이미 일어나 삼단봉을 뽑아 들고 남자와 대치하고 있었다. 다친 흔적은 없어 보였지만 팽팽한 긴장감이 돌고 있었다. 유림은 곧장 가스총을 꺼내 손에 쥐고 거실로 나섰다. 형선이 외쳤다.

"바닥에 유리 있어! 조심해! 피해자한테 못 달려들게 하고!"

유림은 따라 나온 여자를 한번 돌아봤다.

"방에 들어가 계세요."

유림이 단호하게 말한 뒤 천천히 남자 쪽으로 다가갔다.

형선은 낮지만 힘 있는 목소리로 남자에게 말했다.

"선생님, 일단 진정하시고 저랑 이야기를 마저 하시죠."

남자와 형선 사이에는 깨진 유리 조각들이 흩어져 있어, 형선도 쉽게 다가가지 못했다.

"니네는 다 죽었어."

남자가 의미 모를 말을 뱉고는 피식 웃더니 몸을 돌려 어딘가로 향했다. 유림은 남자가 형선에게 달려들지 않는다는 걸 확인하고 신발장으로 뛰어가 서둘러 자신의 신발을 신고, 형선의 신발까지 챙겨 다시 거실로 돌아왔다. 그 순간, 바람을 가르듯 무언가 옆을 스쳤다.

"안 돼!"

순식간이었다. 비명에 가까운 여자의 외침.

여자는 바닥에 흩어진 유리 파편을 아랑곳하지 않고 맨발로 밟으며 달려들었다. 그리고 남자의 허리를 꽉 끌어안고 늘어졌다. 형선도 그 광경에 놀라, 여자를 떼어내기 위해 동시에 몸을 날렸다. 순식간에 얽힌 세 사람의 몸이 함께 균형을 잃고 바닥으로 쓰러졌다. 파편이 바스러지는 소리와 함께, 거실은 아수라장이 되었다. 유림도 곧장 달려가 남자와 여자를 떼어냈다. 그 틈을 놓치지 않고 형선이 남자의 팔을 꺾어 뒤로 제압한 뒤 수갑을 채웠다.

"폭행 현행범으로 체포합니다…"

옆에서 유림이 빠르게 미란다 원칙을 읊었다. 남자는 괴성을 지르며 꿈틀거렸고, 바닥에서는 여자의 발에서 흘러나온 피가 점점 번져가고 있었다. 형선 역시 유리 파편을 밟은 듯 얼굴이 일그러져 있었다. 잠시 피의자를 제압해둔 채, 유림은 발끝으로 흩어진 유리 조각들을 밀어내며 주변을 정리했다. 형선은 거칠게 숨을 몰아쉬며 옆에 주저앉듯 앉았다.

유림은 뒤돌아 여자의 어깨를 잡고 흔들며 목소리를 높였다.

"방에 계시라니까, 뭐 하시는 거예요!"

여자는 입술을 떨며 아무 대답도 하지 못한 채, 여전히 남편 쪽을 바라보고 있었다. 그때, 여자의 시선이 한곳에 남편이 아닌 다른 곳에 고정돼 있다는 걸 유림은 눈치챘다. 시선 끝에는 부엌 옆 작은 창고가 있었다.

유림은 여자의 어깨에서 손을 떼고 천천히 그쪽으로 향했다. 문 앞에 서니 문틈에서 싸늘한 공기가 새어 나오는 듯했다. 손잡이를 쥐는 순간, 묘한 떨림이 손끝으로 전해졌다.

유림은 손잡이를 움켜쥐고 문을 열었다.

무엇인가 보이기 전에 느껴진 건, 소름을 곤두세우는 끼익― 하는 문소리였다. 눅눅한 공기가 피부에 달라붙었다. 순간, 문을 닫아버리고 싶다는 강한 충동이 몰려왔지만, 유림은 이를 억누르고는 다시 힘껏 문을 열어젖혔다.

그 안에서 서 있는 실루엣이 보였다. 작은 여자아이였다. 낡은 티셔츠와 반바지, 발밑은 맨발 그대로였다. 아이의 두 눈은 벌겋게 충혈되어 있었고, 추운 날씨에 뺨은 빨갛게 상기되어 있었다. 눈물이 그 뺨을 타고 흘러내렸고, 꽉 쥔 주먹은 부르르 떨리며 분노를 삼키고 있었다.

그 눈동자가 유림을 곧장 꿰뚫듯 노려보았다.

유림 역시 멍하니 아이를 바라보았다.

그 순간 바닥에 축축하게 스며든 비 냄새가 잠겨오는 듯했다. 빗방울이 천장을 두드리는 소리도 들려왔다.

오래전, 그녀가 두려워했던 그 소리가.

여자가 유림을 밀치고 아이에게 달려갔다. 아이를 끌어안는 순간, 아이는 참았던 울음을 터트렸다. 그 소리가 좁은 방 안을 가득 메웠다.

남자는 몸부림치며 고함을 질렀다.

"죽여버릴 거야, 저 쌍년들!"

유림은 귓가에서 퍼지는 소리에 순간적으로 중심을 잃었다. 이마의 상처가 다시 욱신거렸고, 통증이 머릿속까지 번졌다. 손끝이 본능적으로 상처 위로 올라갔다. 피부가 당기는 느낌과 극심한 두통에 그대로 주저앉았다.

얼마나 시간이 흘렀는지 알 수 없었다. 문 열리는 소리와 인기척이 느껴져 뒤를 돌아보니 팀장과 정호가 서 있었다.

"괜찮아?"

정호의 물음에 유림은 대답 대신 고개를 천천히 끄덕였다.

"데리고 가면 돼. 체포했어."

남자를 누르고 있던 형선이 말했다.

정호가 수갑 찬 남자를 일으켜 세워 옆으로 옮겼다. 팀장은 바닥에 흩어진 유리 조각을 치우며 형선의 신발을 가지고 왔다. 형선은 신발을 받아서 내려놓고, 양말을 벗어 유리 파편을 손톱으로 집어내고, 그것을 바닥에 던졌다.

"정호는 나랑 애 데리고 가. 유림이는 부팀장 모시고 병원 다녀와라."

팀장의 짧은 지시가 끝나자 방 안엔 다시 적막이 내려앉았고,

깨진 유리 위로 피 섞인 술이 천천히 번져나가고 있었다.

잠시 뒤 팀장과 정호가 남자를 데리고 나갔다.

남자의 욕설과 술주정이 복도 끝 어딘가에서 흩어져 없어졌다.

"죄송해요…"

여자가 유림에게 조심스레 말을 건넸다.

"아니에요… 제가 눈치를 챘어야 했는데, 죄송해요."

유림은 낮게 답하며 쪼그려 앉았다. 깨진 유리 조각들을 손으로 모으려 하자, 여자가 급히 막았다.

"건들지 마세요. 제가 치울게요."

유림은 잠시 여자의 손을 바라보다가 고개를 끄덕였다.

"알겠어요. 저희는 그럼 가볼게요."

그리고 형선 쪽으로 돌아서서 그를 부축해 밖으로 나섰다.

형선과 유림은 순찰차에 올라 병원으로 향했다.

도로는 한산했지만 내리는 함박눈으로 꽉 찬 것처럼 보였다.

두 사람 사이엔 아무 말도 오가지 않았다. 와이퍼만 열심히 내리는 눈을 쳐내고 있었다. 형선은 유림을 탓하지 않았고, 유림은 그 침묵 속에서 오히려 더 미안함을 느꼈다.

십여 분쯤 지나 응급실 주차장에 차를 세우자, 형선이 조심스레 물었다.

"괜찮아?"

유림은 울음이 목 끝까지 차올랐지만 꾹 참았다. 그러나 그녀의 목소리만큼은 떨렸다.

"죄송해요…"

형선이 놀란 듯 고개를 돌렸다.

"너가 뭐가 죄송해? 여자가 뛰어들 줄 나도 몰랐다."

잠시 정적이 흘렀다. 엔진이 덜덜거리며 돌아가는 소리만 둘 사이 정적을 메꾸고 있었다.

"술이랑… 이마의 상처, 연관 있는 거지?"

형선이 모래성을 지키려는 아이의 세심한 손길처럼 조심스레 말을 꺼냈다. 유림은 창을 바라보며 말없이 고개를 끄덕였다.

"그럴 것 같긴 했어."

그런 유림을 보고 형선도 반대편 창을 바라보며 낮게 말했다.

잠시 뒤, 유림은 숨을 고르듯 말을 꺼내기 시작했다. 아버지가 매일같이 술을 마셨다는 이야기. 그로 인해 집 안은 늘 술 냄새로 가득 차 있었다는 이야기. 창고로 도망갔던 이야기.

"이 상처는…"

유림은 손끝으로 이마를 쓸었다.

"엄마가 저만 두고, 집을 나갔던 날 생긴 거예요."

"아버지가 저한테 병을 던졌어요. 술이 코와 입으로 들어갔는 데, 아직도 냄새가 남아 있는 것처럼 느껴질 때가 있어요."

유림은 숨을 고르고 다시 말을 이어갔다.

"아버지가 빨리 죽었으면 좋겠다고 생각했어요. 사람들에게 피해만 주는, 그러고도 아무런 죄책감 없이 살고 있는… 그런 사람들은 죽어도 좋다고 생각했어요.”

유림의 독백 뒤로 형선은 아무런 말도 하지 않았다. 순찰차 안은 다시 조용해졌고, 엔진의 진동이 두 사람의 침묵 사이를 채웠다.

“다녀오세요. 저 잠깐 차 안에서 기다리고 있을게요.”

유림의 말을 다 들은 형선은 아무 말도 하지 않았다. 그저 고개를 끄덕이고 응급실로 향했다. 문이 닫히는 소리와 함께 차 안이 고요해졌다. 유림은 시트를 뒤로 젖히고 깊게 숨을 내쉬었다. 숨이 나올 때마다 가슴 안쪽의 무언가가 조금씩 비워지는 느낌이었다.

가족 이야기를 누군가에게 꺼내 본 적은 없었다.

입 밖으로 내는 것조차 괴로운 일이었다. 유림은 몸을 눕히듯 기대고 눈을 감았다. 짧은 숨이 가슴 안쪽에서 부딪혀 흩어지며 한숨이 길게 새어 나왔다. 일단 마음을 가라앉히고 싶었다.

무전기에서는 끊임없이 소리가 들려왔다. 계속되는 신고와 상황실 근무자의 급한 목소리, 숫자와 주소가 얽혀 들렸다. 평소보다 두세 배는 바빴다. 순찰차가 두 대뿐인 파출소에서, 한 대는 병원에 와 있으니 나머지 한 대가 모든 사건을 떠안고 있었다. 현장에 있지 않았지만 무전 내용만으로도 현장이 얼마나 정신이 없을지 추측해볼 수 있었다.

그때 유림의 휴대전화가 울렸다. 팀장이었다.

"언제쯤 와? 신고가 너무 많아 정신이 없네."

팀장의 목소리가 재촉하듯 들려왔다.

"방금 들어가셨고, 언제 나오실지는 모르겠어요."

"어… 그… 얼마나… 걸리는지 알아보고 알려줘… 지금 상황이… 안 좋네."

팀장의 말이 끊어지는 순간마다 누군가 고함을 치는 소리들이 들려왔다.

"네, 알겠습니다."

통화를 마치고, 유림은 짧게 숨을 내쉬었다.

차 문을 열고 내려 응급실 쪽으로 향했다. 잠시 두리번거리며 헤매던 그때, 응급실 문이 열리고 형선이 걸어 나왔다.

"왜 따라왔어. 차에 있지."

형선이 유림을 보며 말했다.

"왜 벌써 나오세요?"

유림이 되물었다.

"박힌 것만 뽑아달라고 했어. 바쁘다고 하니까 금방 해주더라. 수납할 필요도 없대. 그냥 가래."

"아니, 그래도 되는 거예요? 걸어도 된대요?"

유림의 말투엔 걱정이 묻어났다.

“걸어도 되지. 바쁘더라. 빨리 가자.”

형선은 태연하게 말하며 오른쪽 발을 한번 툭툭 굴렀다. 괜찮은 척했지만, 유림은 봤다. 일순간 형선의 얼굴이 참기 어려운 듯 일그러지는 것을. 둘은 병원을 나와 차 쪽으로 걸었다.

“눈, 진짜 징그럽게도 온다.”

형선이 투덜대듯 말했다.

“아프시면 그냥 들어가세요.”

유림은 우산을 펴 형선 머리 위로 씌워주며 말했다.

“추우니까 빨리 들어가자.”

형선이 짧게 대답했다.

와이퍼가 쉴 새 없이 눈을 쓸어내렸고, 차 안에는 짧은 숨소리만 남았다. 형선은 휴대전화를 만지작거리며 아무 말이 없었고, 유림 역시 핸들을 잡은 손 사이로 앞을 보며 눈 내리는 도로를 바라볼 뿐이었다.

파출소에 도착해서는 순찰차를 바꿔 다시 형선과 신고 현장을 누볐다. 유난히 신고가 쏟아지는 날이었다. 하나가 끝나면 또 하나, 그게 끝나면 다시 또 하나. 몇 시간 째 계속됐다. 내용도 제각각이었다. 교통사고가 났다는 신고, 길을 잃었다는 신고, 집에 가는 길 가로등이 꺼지고 눈이 너무 많이 와서 무섭다는 신고.

유림은 그 모든 신고를 기계적으로 처리했다. 쉴 틈 없이 움직이는 게 오히려 마음은 편했다. 가끔 정적이 찾아오면, 형선이 그

이야기를 꺼내지 않을까 하는 생각이 들었다. 본인이 먼저 꺼낸 이야기였지만, 남의 입에서 듣기에는 버거운 이야기였다.

다섯 시간이 훌쩍 흐른 뒤, 둘은 차를 갓길에 세우고 잠시 숨을 돌렸다.

"신고 종결 밀린 거 다 했어?"

형선이 물었다.

"잠시만요."

유림은 태블릿을 양손으로 들고 종결 내용을 입력했다.

"끝났어요."

태블릿을 무릎 위로 내려놓으며 답했다.

"좀 쉬자."

형선이 얕게 한숨을 쉬고는 신발을 벗었다. 신발을 기울이자, 그 안에서 물이 몇 방울 뚝뚝 떨어졌다.

"아까 교통사고 처리하다가 눈 밟았는데, 물 들어갔네."

"다치신 발 아니에요?"

유림이 물었다.

"아까 그건 오른발이야. 이건 왼발."

형선은 웃는 듯 말했지만, 목소리엔 피로가 묻어 있었다.

"지금 1시 40분이지? 2시 교대니까. 5분 이따 들어가자."

유림은 고개를 끄덕였다. 둘은 아무 말 없이 각자 휴대폰을 만졌다. 창밖을 보기도 하고, 태블릿을 뒤적이며 다음 신고가 없는지 확인했다. 차 안에는 눈 내리는 소리와 히터 바람 소리만 남았다.

"왜 뭐라고 안 하세요… 제가 피해자 놓쳐서 발 다치신 건데."

유림이 조심스럽게 먼저 입을 열었다. 형선은 대답 대신 창밖을 바라보며 입꼬리를 살짝 올리며 말했다.

"우리 일이, 아니 세상일이 원래 그래. 항상 사고가 날 때는 막을 수가 없어."

"그래도…"

유림의 입에서 말이 막혔다.

잠시 침묵이 흘렀고 뭔가를 생각하던 형선이 정적을 깼다.

"20년 전에 우리 팀 4명이 비닐하우스 도박장을 쳤는데, 3명은 앞문으로 들어가고, 막내가 비닐하우스 뒤를 지켰어."

"그때는 인원이 없어서 다들 그렇게 했었지."

"들어가서 업주 잡고, 사람들 줄 세우고 정신없는데…"

유림은 그의 말을 그저 듣고만 있었다.

"갑자기 비명이 들리는 거야."

형선이 조심스럽게 말을 이어 나갔다.

"소리 나는 곳으로 뛰어갔더니, 우리 막내가 쓰러져 있었어."

"도박꾼 한 놈이 비닐하우스 뒤를 찢고 나가서, 막내를 찌르고 도망친 거야."

잠시 와이퍼가 움직이지 않았을 뿐인데. 눈앞의 창문엔 눈이 가득 쌓여있었다.

“그 일로 서장이고, 과장이고 난리 난리를…”

“왜 뒷문에 막내만 세워 뒀냐… 왜 한 명만 세워 뒀냐…”

“감찰 조사에… 다 징계 먹이고…”

형선이 말끝을 흐리며 마른세수를 했다.

“도저히 이해가 안 되더라고, 팀원 꼴랑 4명인데, 절반이 사람 나올지 안 나올지 모르는 뒤로 갔었어야 한다는 말이야?”

유림이 그 말을 듣고 잠시 고민하더니 답했다.

“그건 아닌 것 같기도…”

“그렇지?”

“과정은 무시하고, 결과만 보고 비난하니까 그런거야.”

“아무리 대비를 잘하고, 이성적인 판단을 하더라도 일어날 사고는 결국 일어나게 되어 있어.”

그때 순찰차 옆으로 무엇인가 쌩하고 지나가자, 유림이 와이퍼를 작동시켰다. 와이퍼가 힘겹게 눈을 털어내자, 그 앞으로 배달 오토바이가 눈길을 달리고 있었다. 형선이 그걸 가리키며 말을 이어나갔다.

“저 오토바이도 말이야.”

“대충 봐도 규정속도를 어기고 있는 건 아니야. 그래도 눈길치고는 빠르지. 그러면 우리가 따라가서 조심하라고 일러줄 수 있잖아.”

“그러다 저 오토바이가 쓰러지면, ‘위반한 것도 없는데 왜 위험하게 쫓아갔냐’고 그런다니까.”

“그렇겠네요…”

유림은 고개를 끄덕이며 말했다.

잠시 정적이 생겼다. 오토바이는 시야에서 사라지고 그즈음에 내린 눈들이 차 앞 유리를 다시 가렸다. 유림은 고개를 숙이고 말을 잇지 못하고 있었다.

“그래도 죄송합니다…”

“지금까지 내 말은 뭘로 들은 거야?”

“…”

“괜찮다고 그렇게 말했는데도 마음에 걸려?”

“네…”

“아버지 때문이지?”

형선의 목소리는 단호했다. 유림은 고개를 들지 못한 채 조용히 숨을 삼키고, 형선은 큰 한숨을 쉬었다.

차 안 공기가 잠시 멈춘 듯했다.

“우리 부모님은 하루 벌어, 하루 겨우 먹고 살았어.”

형선이 다시 말을 이어갔다.

“가난한 집에 다섯째가 들어섰으니, 내가 태어난 것만으로도 부모님은 더 힘들었을 거야.”

형선이 잠시 말을 멈췄다. 차 안의 공기가 가볍게 떨렸다.

"부잣집은 다를 것 같아? 애기가 태어나면 1년 동안은 엄마 아빠는 반죽음이야. 3시간마다 밥 줘야지, 똥 치워줘야지, 밤에 아프면 응급실 가야 하고 엄청 힘들어."

"인간은 태어난 순간부터, 의도치 않게 타인에게 피해를 줘."

유림은 조용히 고개를 끄덕였다.

형선은 잠시 창밖을 바라보다가 말을 이었다.

"진짜 민폐가 뭔지 알아? 피해를 주든 말든 신경도 안 쓰는 사람들. 자기가 피해를 주는지도 모르는 사람들. 그리고 그 피해에 대해 아무 책임도 지지 않는 사람들. 그런 사람들은 자기가 그런지 몰라 평생."

유림은 말없이 형선을 바라봤다.

차 안에는 잠시 정적이 흘렀다. 눈 내리는 소리만이, 두 사람 사이의 공백을 천천히 메웠다.

유림이 조용히 뒤에 말을 이었다.

"아버지 때문이 맞아요. 아버지가 아무렇지 않게 가족들을 힘들게 하는 모습을 보면서… 도대체 왜 그럴까, 어떻게 저럴 수 있을까… 항상 그 생각만 했어요."

"엄마는 왜 그런 아빠랑 계속 살았을까. 왜 그날 나를 그렇게 두고 갔을까. 원망도 되고… 이해할 수도 없었어요."

유림은 잠시 말을 멈췄다. 손끝이 무릎 위에서 천천히 오므라

들었다.

“부모님 같은 사람이 되지 않겠다, 남에게 민폐 끼치지 않아야 한다는 강박이 있었던 것 같아요. 말씀하신 것처럼 인간은 태어나서부터 피해를 주는 동물인데.”

그 말을 끝으로 둘 사이에는 다시 오랜 정적이 흘렀다. 눈이 내리는 소리만 차 안을 채우고 있었다. 형선이 천천히 입을 열었다.

“내가… 너무 말이 길었네.”

유림은 고개를 저었다.

“아니에요… 마음에 위안이 됐어요.”

형선은 잠시 유림을 바라보다가, 조끼 앞주머니에서 담배를 꺼냈다.

“이런 게 다 경험이야. 나는 담배 한 대 피고, 차 앞에 눈 좀 털어내고 올게.”

유림이 고개를 돌리자, 앞 유리는 이미 두껍게 쌓인 눈으로 가려져 있었다. 형선이 문을 열자 차 안으로 찬 공기가 스며들었다. 그리고 아무 말 없이 순찰차 문을 닫았다.

유림은 휴대전화 화면을 잠시 바라보다가, 무릎 위로 내려놓았다. 그리고 한참 동안 생각에 잠겼다. 아버지를 용서할 수 없었던 마음. 그 마음에서 비롯된 강박과 죄책감. 오늘 하루 있었던 일들이, 그 모든 걸 다시 들여다보게 했다. 힘들었지만 값진

시간이었다. 고향에도 한 번 다녀올 수 있을 것 같다는 생각이
들었다.

그때, 무전기에서 갑작스러운 소리가 들려왔다.

"상황실입니다. 신고자는 술집 사장인데, 술 취한 손님이 옷도
안 가지고 없어졌다는 신고예요."

유림은 반사적으로 고개를 돌렸다.

형선의 무전기가 컵홀더에 꽂혀 있었다.

유림은 급히 차 문을 열고 밖으로 나가 형선을 불렀다.

"주임님! 신고 또 들어왔어요!"

형선은 손에 들고 있던 담배를 급히 끄고, 순찰차로 뛰어왔다.
차에 오르기 전, 순찰차 앞 유리창에 쌓인 눈을 손으로 털어냈다.
그리고는 머리에 쌓인 눈까지 털며 조수석 문을 열었다. 짧은 정
적 후, 순찰차 안에는 다시 익숙한 긴장감이 흘러들었다.

"오늘 신고 진짜 많이 들어오네. 교대 시간 안 됐어?"

형선이 투덜대듯 말했다.

"몇 분 남았어요. 이거까지 저희가 가야 될 것 같아요."

유림이 짧게 답했다.

몇 분 지나지 않아 도착한 곳은 동네에 있는 작은 술집이었다.
문을 열자 술 냄새와 튀김기름 냄새가 뒤섞여 코를 찔렀다. 안쪽
에서 주인으로 보이는 노인이 다가왔다. 유림이 자초지종을 물었

다. 노인은 손짓을 섞어가며 말했다.

"남자 둘이 왔었는데, 한 명은 먼저 가고 몇 시간을 계속 혼자 마셨어."

유림이 물었다.

"언제쯤 나갔어요?"

"지금부터 한 10분 전쯤?"

"나갈 때 옷 안 입고 간 건 못 보셨어요?"

노인이 불쾌하다는 듯 눈썹을 찌푸렸다.

"못 봤지. 여기 혼자 장사하는 거 안 보여?"

"그런 게 아니라요. 혹시 그 점퍼 주인이 맞는지만 확인하려고요. 인상착의 때문에요."

형선이 재빨리 중재하듯 끼어들었다.

"어차피 오늘 손님 한 테이블이었어. 그 사람 맞을 거야."

노인은 한숨을 내쉬는 듯 말했다.

"알겠습니다. 저희가 주변 한 번 둘러볼게요."

형선은 고개를 숙여 인사하고, 유림에게 손짓했다.

"나가자."

두 사람은 문을 열고 다시 바깥으로 나왔다.

"술 먹고 운전해서 갔으면 무조건 사고 났을 거야. 사고 없다는 건 근처에 있다는 뜻이지. 빨리 찾자."

둘은 가게를 나서 각자 다른 방향으로 흩어졌다. 형선은 오른쪽으로, 유림은 왼쪽으로 뛰었다. 눈송이가 쉼 없이 떨어지는 거리를 헤치며 달렸다. 바닥은 이미 얼어 미끄러웠고, 몇 번이나 중심을 잃을 뻔했지만, 유림은 속도를 늦추지 않았다. 만취한 사람이라면 멀리 가지 못했을 거라고, 그 생각만이 발을 계속 움직이게 했다.

얼마나 뛰었을까.

반대로 간 형선의 모습이 시야에서 점점 사라져 갈 무렵, 유림의 시선이 멈췄다. 가로등 불빛 아래, 전봇대에 몸을 기댄 남자가 보였다. 반 팔 차림이었으나, 특이하게도 그 위에 낡은 조끼가 걸쳐있었다.

그의 어깨 위로 눈이 소복하게 쌓여있었고, 팔과 목덜미, 볼 위로는 이미 하얗게 굳은 눈발이 덮여 있었다. 입술은 새파랗게 질려 있었다. 유림의 발걸음이 순식간에 멈췄다.

숨소리만이 허공에 흩어졌다.

유림은 급하게 무전기를 잡았다.

"요구조자 찾았습니다. 이쪽으로 와주세요."

숨을 고를 틈도 없이 남자 쪽으로 달려갔다.

그의 몸 위로 쌓인 눈을 털어냈다.

그에게서는 역한 술 냄새가 났다. 유림은 속에서 올라오는 구역질을 억지로 삼키며 잠시 심호흡을 했다. 그러고는 더 이상 망설임 없이 자신의 순찰 조끼를 벗어 바닥에 내려두고, 남자 위로 자신의 경찰 점퍼를 덮어주었다. 그러고는 목에 손끝을 대었다. 얼음장같이 차가운 피부 아래로 아주 희미하지만, 분명한 맥박 비슷한 것이 느껴졌다.

"죽진 않았어."

유림은 작게 중얼거렸다.

곧바로 바닥에 두었던 무전기를 다시 들었다.

"상황실, 구급차 요청합니다. 지금 바로 보내주세요."

다시 남자에게 다가가 무릎을 꿇었다.

어깨를 붙잡고 힘껏 흔들며 외쳤다.

"선생님, 일어나보세요! 정신 좀 차려보세요!"

몇 번을 더 불렀을까. 얼어붙은 눈 위에서 남자의 손가락이 미세하게 움직였다. 그리고 아주 천천히, 눈꺼풀이 떨리며 열렸다.

왼쪽을 돌아보니 형선이 다가오고 있었다.

눈발 사이로 그의 실루엣이 흐릿하게 번졌다.

"천천히 오세요!"

유림이 손바닥을 보이며 소리쳤다.

형선이 걷던 발걸음을 멈추더니, 갑자기 고함을 지르며 달리기 시작했다.

"…져!"

눈바람 소리에 말이 섞여 제대로 들리지 않았다.

유림은 고개를 갸웃하며 다시 외쳤다.

“천천히 오시라니까요!”

형선은 더욱 거칠게 달려왔다.

그의 입이 크게 벌어졌다.

“떨어지라고!”

그 말이 온전히 들리는 순간, 유림은 본능적으로 고개를 돌렸다. 목 쪽에 기분 나쁜 감촉이 느껴졌다. 이내 그 자리에서 뚝―하고 뜨겁고 묵직한 피가 흘러내렸다.

유림의 몸이 잠시 휘청인 뒤 눈바닥에 쓰러졌다.

유림의 눈에는 보이지 않았지만 두껍게 쌓인 눈바닥이 유림의 피로 물들어 가고 있다는 것이 느껴졌다.

형선의 절규가 눈보라 사이로 희미하게 번져왔다.

***

꿈을 꾸었다.

그날의 꿈이었다. 엄마가 아버지와 심하게 싸운 뒤, 짐을 챙겨 나가던 날. 현관 앞에서 잠시 유림을 바라봤지만, 이내 고개를 돌리고 밖으로 나갔다. 문이 닫히자, 집 안에는 술 냄새와 욕설만 남았다. 아버지는 거칠게 숨을 몰아쉬며 병을 집어 들었다. 그 소리가 방 안까지 들려왔다. 유림은 방 안에 이불을 펴고 누워 있었다. 귀를 막아도, 욕설이 벽을 뚫고 들어왔다. 짐승이 울부짖는 듯한 목소리였다. 그 소리 사이로, 병끼리 부딪치는 소리가 섞였다.

어린 유림은 눈을 감았다. 잠을 자기 위해서가 아니라 이 현실을 피하기 위해. 눈을 감으면 세상이 사라질 줄 알았다. 하지만 새벽이 되어, 갑자기 큰소리가 났다. 뭔가가 깨지는 소리, 그 너머로 들리는 고성과 욕설. 유림은 몸을 웅크렸다. 밖에 나갈 용기는 없었다. 그때 문이 열렸다.

술 냄새가 공기를 타고 방 안으로 번졌다.

그녀는 인기척에 이불 안에서 실눈을 떴다. 아버지가 문 앞에 서 있었는 것 같았다. 순간, 무엇인가 번쩍 들리고, 공기가 갈라지는 소리가 아주 작지만 선명하게 들렸다.

암막 커튼 사이로 새어 나온 햇빛이 유림의 이마를 미세하게 비췄다. 그 온도가 너무 따뜻해서, 이질적이었다. 낮인지 밤인지 알 수 없었다. 사실 며칠이 흘렀는지도 몰랐다. 유림은 침대에 누워 있었다. 목에는 거즈가 두껍게 감겨 있었고, 그 아래로는 가느다란 숨소리만 간신히 흘러나왔다.

경찰이 된 뒤로 험한 일을 수도 없이 겪었다. 흉기를 든 사람과 마주 선 적도, 죽은 지 수 개월이 지난 사체를 마주한 적도. 밤새 실종자를 찾아 산을 뒤진 적도 있었다.

하지만 이렇게 아무것도 하지 못한 채 당했던 건 처음이었다. 아무것도 할 수 없었던 그 무력감과 공포가, 그녀의 이마와 이제는 목 안 깊은 곳에서 꿈틀거리고 있었다.

무서웠다.

진심으로 무서웠다. 방을 나서는 것도, 다시 출근한다는 것도 도저히 상상할 수 없었다.

유림은 입을 다문 채로 울었다. 소리 한 줄 없이 눈물만 흘렀다. 그 눈물이 목에 감긴 거즈에 스며들었다.

훌쩍거릴 때마다 목 쪽이 미세하게 당겨와 불편을 줬다. 피부 속 상처가, 여전히 숨과 함께 열리고 닫히는 것 같았다. 몸을 조금만 움직여도 통증이 목을 타고 머리까지 번졌다.

의사는 크게 걱정할 필요는 없다고 했지만, 몇 주간은 말을 아끼라 했다. 유림은 굳이 그걸 지키려고 노력할 필요가 없었다. 입을 열면, 그날의 피비린내와 형선의 외침이 고스란히 되살아났기 때문이다.

그녀는 천천히 몸을 일으켜 거실로 걸어갔다.

오랜만에 일어나서인지 머리가 핑 돌았다. 탁자 위에는 반쯤 비어 있는 물컵 하나와 곰팡이가 핀 코코아가 담긴 잔이 놓여 있었다. 현관 앞에는 여행용 캐리어가 있었고, 그 위에 여권이 가지런히 놓여 있었다, 옆에는 꺼진 지 오래된 유림의 휴대전화가 있었다.

유림은 그걸 들고 방으로 돌아와 충전기에 꽂았다. 잠시 기다리자 진동과 함께 수십 통의 부재중 전화가 한꺼번에 떠올랐다. 팀장, 형선, 정호 그리고 엄마의 이름이 반복되어 있었다. 모르는 번호로도 전화가 많이 와 있었다. 가장 최근에 온 전화는 5분 전이었다.

이내 유림은 부재중 문자를 확인했다.

'삿포로 여행 일정, 출발 당일 미탑승 처리되었습니다.'

'잔여 여정 자동 취소되었음을 알려드립니다.'

유림은 부재중 전화 목록을 천천히 내렸다. 최근 다섯 건 모르는 번호로부터 걸려온 번호를 제외하고는 대부분은 형선과 정호였다. 손가락이 잠시 멈췄다.

'음성사서함 2건'

첫 번째는 형선이었다.

"유림아, 괜찮은 거야? 괜찮으면 괜찮다고 문자라도 좀 해줘. 전화기 꺼져 있는데 켜자마자 연락 줘, 알았지?"

두 번째는 정호였다.

"누나 차 지하주차장에 세워놨고, 차 키는 우편함에 넣어뒀어요. 일어나시면 꼭 전화주세요."

유림은 휴대전화를 내려놓고 팔로 눈을 가렸다.

그때 초인종이 울렸다. 그 소리에 유림이 깜짝 놀라 눈물을 훔쳤다. 온몸에 소름이 돋았다. 숨을 죽인 채로 현관문 쪽으로 다가갔다. 문에 있는 작은 구멍 너머로 밖을 보자, 언젠가 본 적이 있는 것 같은 여자의 실루엣이 희미하게 보였다. 이내 차분한 목소리가 들려왔다.

"계세요?"

유림은 아무 소리도 내지 않으려고 애썼다.

지금은 누구와도 마주할 수 없었다.

"관리사무소인데요. 안에 계시면 차 좀 빼주세요."

초인종이 몇 번 더 울리고, 문이 가볍게 두드려졌다가, 이내 모든 소리가 멎었다.

여자는 돌아갔다.

유림은 오른손으로 목을 어루만졌다. 손끝 아래에서 박동이 느껴졌다. 일어난 지 한 시간도 되지 않았지만, 유림에겐 이 모든 게 버겁게 다가왔다. 눈을 뜨고 있다는 사실조차 괴로웠다.

그렇다고 잠에 드는 게 위로가 되는 것도 아니었지만…

유림은 침대에 누워 다시 눈을 감았다.

소년가장

＊＊＊

출근 시간대가 언제냐고 묻는다면 대부분은 8시나 9시쯤을 말하겠지만, 성원은 그 시간에 출근해본 적이 없다.

군을 제대하고 건설현장에서 일용직으로 근무한 지 8개월째. 그의 출근 시간은 늘 새벽 다섯 시였다. 스물셋 어린 나이에, 어려운 형편에도 무리해서 차를 산 이유도 그 때문이었다.

출근지도 주에 한번은 바뀌고, 하는 일도 조금씩 변했지만, 그 시간만큼은 거의 바뀌지 않았다.

휴대전화 알람 소리에 잠에서 깬 성원은 급히 손을 뻗어 진동을 껐다. 네 시였다. 자고 있는 동생이 깰까 봐 숨소리조차 죽였다. 방은 작았고, 나란히 놓인 두 개의 매트리스 사이에는 사람

하나 지나갈 틈도 없었다.

그는 마룻바닥에 아무렇게나 벗어둔 옷을 손에 잡히는 대로 챙겨 입었다. 그러고는 옷 주머니에 있던 지갑에서 십만 원을 꺼내 그의 동생 베개 밑에 넣어두었다. 동생은 잠시 뒤척였지만 잠에서 깨지는 않았다. 그를 뒤로하고 조용히 방문을 열어 주방으로 나왔다. 주방에서는 곰팡내와 불쾌한 음식 냄새 그리고 눅눅한 공기가 밀려왔다.

겨울마다 결로가 생기는 벽지는 군데군데 떠 있었고, 냉장고 소리가 낮게 울렸다. 그 소리가 새벽의 고요를 대신했다.

화장실 불을 켜자 희미한 불빛이 깜박였다. 벽에 붙은 타일은 절반이 깨져 있었고, 그 틈으로 오래된 곰팡이 자국이 배어 있었다. 세수를 하자 성원의 손과 얼굴이 얼어붙었다. 손을 닦기 위해 수건걸이에 손을 뻗었지만 잡힌 수건마저 꽁꽁 얼어있었다. 성원은 단념한 표정으로 두루마리 휴지 몇 장을 뜯어 얼굴을 닦으며 거울을 들여다보았다. 거울 속 얼굴은 아직 잠에서 덜 깬 듯 푸석해보였다.

화장실 문을 열자, 끼익 소리와 함께 안방 문이 열리고 엄마가 나왔다. 머리는 헝클어져 있었고 손에는 담뱃갑을 쥐고 있었다.

"조용히 좀 나갈 것이지. 꼭 사람을 깨워."

잠기운과 짜증이 섞여 있었다. 성원은 얼른 고개를 숙였다.

"미안해. 일부러 그런 건 아닌데."

엄마는 대꾸하지 않고 식탁 쪽으로 가더니 신문 옆에 놓인 종이를 들고 흔들었다. 그러고는 물병을 들고 물을 벌컥벌컥 마시기 시작했다.

성원이 종이를 건네받아 보니 휴대폰 명세서였다.

청구 금액란에 ‘526,000원’이라고 선명히 찍혀 있었다.

엄마는 입가에 묻은 물을 소매로 닦으며 말했다.

“이번 달 꺼 너가 내.”

“왜 이렇게 많이 쓴 거예요?”

“카드 막혀서 휴대전화로 생활한 거야.”

“그렇다고 이렇게 휴대전화로 결제하면 어떡해요. 그리고 생활비 드렸는데…”

성원이 말을 잇자, 엄마가 들고 있던 물병을 식탁 위에 세게 내려놓았다. 물병이 탁하는 소리를 내며 식탁에 부딪쳤다.

“돈 번다고 유세 떠냐? 어디 어른을 가르치려 들어?”

거실 안이 순간 고요해졌다. 성원은 고개를 숙이고 대답 대신 천천히 숨을 들이마셨다. 속이 서서히 데워지듯 쓰라렸다. 뜨겁고 신 무엇인가 목구멍까지 차올랐다가, 삼킨 말처럼 다시 내려앉았다.

“아니에요. 그냥 물어본 거예요.”

그가 작게 말하자, 엄마는 여전히 불편한 얼굴로 서 있었다. 눈빛엔 새벽에 오랜 피로보다 더 큰 분노가 묻어 있었다.

성원은 명세서를 주머니에 넣고 신발을 신으며 문을 열었다. 이내 집 문이 쾅 닫히지 않게 끝까지 문고리를 잡았다. 문을 닫고 패딩의 지퍼를 끝까지 끌어올리고 붙어 있는 모자를 푹 눌러쓰니 시야가 조금 좁아졌다.

일 층에 켜진 희미한 센서등만이 그를 맞이했다.

계단을 오르자 이번엔 차가운 겨울바람이 그의 얼굴을 후려쳤다. 아직 건물을 완벽히 벗어나지도 않았는데, 그의 입김이 거칠게 흩어졌다. 빌라 단지를 벗어나 도로로 나오자 사람도, 차도 없었다. 도로 위 가로등 불빛만이 간헐적으로 깜박였다.

성원의 집 근처에는 아무것도 없었다. 빌라 단지 하나만 덩그러니 서 있을 뿐이었다. 성원은 어깨를 잔뜩 웅크리고 천천히 걸었다. 신발 밑창이 얼어붙은 아스팔트를 스치며 거친 소리를 냈다. 그렇게 이십 분쯤 걸었을 때, 멀리 아파트 단지의 불빛이 희미하게 보였다. 그는 단지 쪽으로 발걸음을 옮겼다. 정문 옆 경비실 불이 켜져 있었고, 안쪽 유리창에 노란 불빛이 번졌다.

성원은 걸음을 늦추며 안을 살짝 들여다봤다.

경비원이 의자에 기대 졸고 있는 것 같아 보였다. 그는 잠시 숨을 죽인 뒤, 고개를 숙이고 후다닥 그 경비실을 지나쳤다. 단지 안을 걷던 성원은 곧바로 지하주차장으로 내려갔다.

벽면의 형광등 몇 개가 깜박이고 있었고, 기둥 사이로 냉기가 묵직하게 흘렀다. 그는 차 쪽으로 천천히 걸어가, 보닛 위에 덮어둔 헝겊들을 하나씩 걷어내 기름 냄새가 섞인 먼지를 툭툭 털고 이를 접어 트렁크에 구겨 넣었다.

검정색 SM 520, 군에서 제대한 해에 모아둔 백오십만 원으로 마련한 그의 차였다. 20년이 넘은 차는 날씨가 추운 날엔 시동이 걸리지 않았다. 배터리를 아무리 바꾼다 한들 소용이 없었다. 매일같이 헝겊으로 보닛을 덮는 것도, 본인이 살지도 않는 아파트 지하주차장에 차를 세워두는 것도 모두 같은 이유였다.

성원이 운전석에 앉아 키를 꽂았다.

"제발…"

입안에서 거의 들리지 않게 중얼거리며 키를 시계방향으로 돌렸다. 낡은 엔진이 몇 번 날카롭게 울리며 간신히 숨을 내쉬듯 살아났다.

하루 일해 하루를 사는 사람에게 일은, 정확히 돈은 곧 생명이다. 엔진이 걸리는 이 일 이 초의 짧은 순간이 성원에게 매일 자신의 생존을 결정짓는 시간처럼 느껴졌다.

키를 돌렸던 손끝이 미세하게 떨렸다.

매일 아침 눈앞에 시한폭탄에서 하나의 선을 잘라야 하는 사람 같았다. 틀리면 내 주변 모두가 죽는.

"휴…"

성원은 짧게 숨을 내뱉으며 몸을 등받이에 기댔다. 손끝으로 히터 버튼을 살살 누르자, 바깥바람과 별 차이 없는 공기가 얼굴에 부딪혔다.

몇 분이 지나 차 안이 미지근해지기 시작했다.

성원은 휴대전화를 꺼내 20분 뒤로 알람을 맞췄다. 그러고는 휴대전화를 뒷좌석에 던져 놓았다. 고된 일 전에 그가 스스로에게 주는 유일한 선물이었다. 휴대전화를 뒷좌석에 던져 놓는 이유는 일전에 알람을 듣지 못해 현장에 늦은 적이 있어 그때부터 생긴 습관이었다.

고요한 주차장 안, 낡은 차의 덜덜거리는 엔진 소리만이 희미하게 울렸다. 눈을 감은 지 몇 초 되지 않아 성원은 잠에 빠졌다. 자는 것이라기보다, 잠시 의식을 끊어버리는 쪽에 가까웠다.

밤잠을 깨웠던 알람보다 더 시끄러운 알람이 차 안을 채웠다. 성원은 몸을 앞으로 굽혀 핸들에 머리를 쿠딪칠 듯 숙이고 심호흡을 한 뒤. 팔을 뒤로 뻗어 휴대폰 알람을 멈췄다.

어깨뼈가 담이 오듯 뻐근했고, 등은 미세하게 땀으로 젖어 있었다. 다시 눈을 감고 싶다는 충동이 짧게 스쳤지만, 성원은 창밖을 보며 애써 생각을 밀어냈다.

매일 있는 일이었다.

'가고 싶지 않다'는 생각이 매일 들었으나, 몸이 멋대로 움직여 출근 준비를 하고 있었다.

차가 천천히 지하주차장을 빠져나가는 동안, 성원은 입을 꾹

다물고 있었다. 무언가를 참는 얼굴. 화가 난 것도 아니고, 슬픈 것도 아니고, 그저 피로감에 찌든 거무튀튀한 얼굴.

낡은 차가 주차장을 벗어나 정문을 통과하는데, 작은 방지턱을 밟고 덜컹거렸다. 그러자 갑자기 차에서 라디오가 켜졌다. 그의 오래된 차는 라디오를 켜는 버튼이 고장 났지만, 간혹 작은 충격에 스스로 켜지곤 했다. 동이 트지 않은 새벽의 쌀쌀한 공기와 대비되는 밝은 음악이 흘러나왔다.

'탁탁'

성원은 라디오를 꺼보려고도 하고 소리를 줄여보려고도 했지만 말을 듣지 않았다. 작은 한숨을 쉬고 다시 두 손으로 운전대를 잡았다.

젊은 여자의 목소리가 흘러나왔다.

"하지마, 포기해… 이런 목소리가 계속 들리는 것 같아도요. 꾸준히 글을 썼다는 배우, 16년 만에 세 번째 소설로 문학상을 수상했다고 합니다."

성원은 멍하니 라디오에서 흘러나오는 소리를 듣고 있었다. 어릴 적 성원의 꿈도 소설가였다. 학교 도서관에서 책을 읽는 걸 누구보다 좋아했고, 고등학생이 되어서는 직접 이야기를 쓰기 시작했다. 쉬는 시간마다 노트를 꺼내 글을 썼고, 때로는 수업시간까지 이어졌다.

대다수 선생님은 꾸중했지만, 3학년 담임 선생님만은 달랐다.

아마 그건 그가 국어 선생님이었기 때문일 것이다.

선생님은 성원이 쓴 글을 꼼꼼히 읽어주고, 공모전에 응모할 수 있도록 도와주었다. 그리고 어느 날 성원이 상금이 걸린 공모전에서 수상하자, 부모가 진심으로 기뻐하는 모습을 보았다. 평소 무심하던 부모라도 자신을 자랑스러워하고 있다고, 그렇게 믿었었다.

그해 대학 원서접수비를 내주지 않아 대학에 지원조차 하지 못하기 전까지는.

성원은 라디오 소리를 최대한 무시하려 애썼다.

귀에 억지로 들어오는 소리들을 밀어내려 오늘 해야 할 일들을 머릿속에 떠올렸다.

'새로 간 현장이니까 타일이랑 몰탈을 각 층으로 옮겨야겠지. 작업이 빨리 끝났으면 좋겠다.'

그런 잡스러운 생각들을 반복했다. 최대한 머릿속을 다른 소리로 채우기 위해. 하지만 디제이의 목소리는 여전히 귓속 어딘가에 남아 있었다.

특히 '소설'이라는 단어. 이제는 너무 멀어졌다고 생각했던 그 단어가 귓속 깊이 들어와 머릿속에 박히려고 하는 것만 같아 괴로웠다.

금세 공사 현장 앞에 도착했다. 드문드문 모습을 보이는 사람들의 옷차림이 한겨울이라기엔 너무 얇았다. 바람을 막아줄 패딩 점퍼 대신, 얇은 옷에 조끼 하나 걸친 사람들이 두 손을 바지 주머니에 찔러넣은 채 묵묵히 현장 쪽으로 걸어가고 있었다.

성원은 도로 옆에 차를 대충 붙이고 차 문을 열었다. 그 순간 바깥의 차가운 공기가 한꺼번에 안으로 파고들어 숨을 내쉴 때마다 흰 입김이 어둠 속으로 길게 퍼져나갔다.

주위를 둘러보니 짓고 있는 아파트 건물들만 검은 산처럼 우뚝 서 있었다. 창문도, 불빛도 아직 없는 컴컴한 덩어리들 안으로 사람들이 들어가고 있었다. 곧이어 성원도 옷을 갈아입고, 짐을 챙겨 조용히 그 행렬에 합류했다.

현장 안으로 들어서자 먼저 눈에 들어온 건 뼈대만 올라간 아파트들이었다. 건물 안팎으로 모두 회색 벽면이었고, 동마다 걸린 큰 현수막에 적힌 숫자가 동을 구별해주고 있었다. 간혹 설치되어 있는 임시 전등이 아직 완성되지 않은 구조물 속에서 그나마 이곳을 사람이 있을 곳처럼 느끼게 해줬다.

현장에 들어온 사람들은 각자의 공간으로 흩어지기 시작했다. 누군가는 양동이를 끌고, 누군가는 허리에 끼운 장갑을 고쳐 끼며, 누군가는 커다란 사내들 틈에 섞여 조용히 발걸음을 맞춰갔다. 많은 사람이 걸어감에도 말소리는 전혀 들리지 않았다.

성원은 휴대전화를 보며 자신의 작업 동을 찾기 시작했다.

"208동…"

입안에서 중얼거리는 숫자가 겨울 공기 속으로 작게 흩어졌다. 그는 고개를 들어 주변을 두리번거렸다. 비슷하게 생긴 건물들이 어둠 속에서 묘하게 겹쳐 보였다.

그때였다. 누군가 성원의 어깨 위에 조용히 손을 올렸다.

"잘 찾아왔네. 저기야."

성원이 뒤돌아보니 진우가 서 있었다. 진우는 성원이 조공으로 일한 지 두 달쯤 되었을 때 현장에 새로 합류해 6개월 동안 함께 일하고 있는 동료였다. 성원보다 다섯 살 위이며, 작은 키에 왜소한 체격이었지만 악바리였고, 성격은 다소 욱하는 면이 있었지만 사람 자체는 따뜻했다.

진우의 손이 한 번 더 툭 하고 성원의 어깨를 두드렸다.

"춥지? 가자. 오늘 일 많다."

그 말에 성원은 비로소 아침의 얼어붙은 공기 속에서 조금의 온기를 느낄 수 있었다.

208동 앞에 도착하자 전날 양중팀이 옮겨다 놓은 자재들이 어둠 속에서 산처럼 쌓여있었다. 가장 많은 건 몰탈 포대였고, 그 옆에 반듯하게 쌓인 타일 박스들이 새벽이슬을 먹은 채 번들거리고 있었다.

팀장이 오기 전까지 이 자재들을 각 층으로 나눠 올려두는 게 그들의 첫 일과였다. 매일 반복되는 일이면서도 절대 익숙해지지 않는 작업. 층수를 확인한 뒤 둘은 자연스럽게 역할을 나눴다.

"나는 지하부터 3층."

"그럼… 나는 3층부터 8층까지."

말을 길게 할 필요가 없었다. 둘은 고개를 가볍게 끄덕이고 각자의 자재들을 옮기기 시작했다. 성원은 장갑을 껴 손목까지 꾹 밀어 넣었다. 그리고 몰탈 포대를 하나씩 들어 구르마에 싣고 층마다 옮기기 시작했다. 그러고는 계단 각 층 사이사이로 이를 옮겼다.

처음 성원이 일을 시작하고, 몰탈 포대를 들었을 때 40kg이라는 숫자가 그리 무겁지 않을 거라 예상했지만, 이를 등에 올리자 '헉' 하는 소리가 저절로 나왔다. 그 무게는 사람의 몸을 꽉 눌러버리기에 충분했다. 그렇지만 더 힘든 건 무게 그 자체보다 포대 안의 내용물이 움직일 때였다. 조금만 균형이 틀어져도 한쪽으로 쏠리며 몸 전체가 비틀거려, 허리가 꺾이고 발목이 돌아가 버렸다. 난간도 아직 만들어지지 않은 그 좁은 공간에서 혹여나 발을 헛디디지 않기 위해 한 걸음, 한 걸음 몸의 중심을 미세하게 조절해야 했다. 숨을 들이마시고, 포대를 꼭 잡고, 천천히 계단을 오르는 것. 작은 실수 하나로 죽을 수 있다는 두려움이 성원을 항상 긴장하게 했다.

어두운 동 안에 두 사람의 발소리만 규칙적으로 이어졌다. 층마다 몰탈을 내려놓고, 타일을 쌓아두고, 다시 포대를 들고 내려와 또 다른 층으로 올라가는 일을 수십 번 반복했다. 아무 말도 들리지 않았다. 가끔 리프트 앞에서 마주쳐도 둘은 대화 없이 지나쳤다. 숨을 고르는 것만으로도 두 사람에게는 충분히 벅찼기 때문이었다.

몇 번이나 똑같은 동선을 반복했는지 모를 때쯤 성원은 작업을 마치고 1층으로 내려왔다. 아직 위층 어딘가에서 포대를 바닥에 내려놓는 소리가 간헐적으로 들려왔다.

진우는 아직 끝나지 않은 것 같았다. 성원은 작업복 주머니를 뒤져 구겨진 담배 한 개비를 꺼냈다. 입에 무는 순간 그의 손가락 끝이 미세하게 떨렸다. 라이터를 켜는 '탁' 소리가 새벽 공기 속에서 유독 크게 번졌다. 불꽃이 바람에 잠시 흔들렸다가 담배 끝을 빨갛게 물들였다. 한숨 섞인 숨을 깊게 들이마시고 천천히, 길게 내뱉었다. 담배 연기와 입김이 뒤섞여 눈앞에서 많은 연기가 하얗게 떠올랐다가 흩어졌다.

성원은 그 연기를 잠시 멍하니 지켜보았다. 일이 끝난 것도 아니고, 몸이 덜 힘든 것도 아니었지만, 그 짧은 몇 초 동안은 고된 작업과 단절되는 듯한 기분이 들었다. 멀리서 계단을 내려오는 발소리가 가까워지고 있었다.

"형, 다 끝났어요?"

성원이 다가오는 진우에게 물었다.

"아니, 아직."

진우는 숨을 가쁘게 몰아쉬며 대답했다.

“좀 쉬시게요?”

“어차피 팀장 오려면 좀 걸리니까… 쉬었다가 하려고, 기공 일을 빨리 배워야지, 조공은 너무 힘들다.”

진우도 주머니에서 담배를 하나 꺼내 입에 물었다. 라이터 불꽃이 바람에 잠깐 흔들리더니 담배 끝을 빨갛게 태웠다. 둘은 아무 말 없이 1층 외벽 구석에 쪼그려 앉았다. 새벽 공기가 서늘하게 스며들었다. 담배 연기와 입김이 뒤섞여 하얀 김처럼 천천히 퍼졌다. 성원이 담배를 반쯤 태운 채 조심스럽게 입을 열었다.

“저도… 8개월이 됐는데. 도저히 익숙해지지 않네요.”

진우는 잠시 연기를 뿜으며 고개를 끄덕였다.

“원래 그 정도 하면 기공 일 배우고도 남았어야 했는데.”

“그렇다고 하던데. 별말씀이 없으시네요.”

성원의 말끝엔 조심스러움과 체념이 섞여 있었다. 진우는 그걸 듣고 담배를 바닥에 비벼 끄며 말했다.

“일 안 가르쳐주면 빨리 핑계 대고 나가야 해. 기공은 일당 20만 원, 조공은 10만 원이야 두 배 차이라고.”

성원은 바닥을 한번 보고 작게 한숨을 내쉬었다.

“팀장님 일하는 거 보면 정말 빠르고… 꼼꼼하고… 팀장님한테 배우면 정말 잘 배울 수 있을 것 같아요.”

진우는 입꼬리를 살짝 올리며 말했다.

“그러니까… 가르쳐줄 때 이야기지.”

6개월 정도 일당도 적고 몸이 힘든 조공 일을 버틴 사람들에게 기공이 직접 일을 가르쳐주는 것이 이 바닥 불문율이었다. 그렇지만 평생 쓸 수 있는 기술을 가르쳐 주기 아까워하는 사람들이 많은 것도 어쩔 수 없는 현실이었다. 그건 성원의 팀장도 마찬가지였다.

성원은 씁쓸함을 삼키며 담배를 깊게 한 모금 들이마셨다. 연기가 목을 타고 내려가면서 속이 잠시 따뜻해지는 듯했지만, 곧 다시 싸늘한 공기가 폐로 밀려들었다. 연기와 차가운 공기를 함께 내뱉으며 잠시 바닥을 바라보았다. 일 얘기를 더 해봐야 마음만 불안해질 것 같아 억지로 화제를 돌리듯 말을 꺼냈다.

"형… 혹시 배달 해봤어요?"

"갑자기 무슨 배달?"

진우가 눈썹을 살짝 찡그렸다.

"그… 오토바이 타는 거 있잖아요."

"해봤지. 어릴 때. 근데 그건 왜?"

"아니… 동생이 갑자기 배달 아르바이트를 하겠다잖아요."

"동생… 고등학생 아니었어?"

진우가 굳은 표정으로 되물었다.

"고등학생 맞아요. 지난달에 수능 봤어요."

진우는 어이가 없다는 듯, 짧게 '허' 하고 웃었다.

"배달 위험하지. 특히 겨울엔 미끄러져 다치는 애들도 있어."

“그렇죠… 어제 그거 때문에 엄청 싸웠어요.”

“하고 싶다는데 뭐하러 말려. 돈 벌면 좋지.”

진우가 담배 끝을 톡 털며 말했다. 성원은 고개를 저었다.

“애는… 대학 가서 공부할 애예요. 공부를 얼마나 잘하는데요. 학원 한 번 안 가고도 전교 3등이에요.”

진우가 입꼬리를 비죽 올렸다.

“그치. 배달이나 노가다 하는 애들은… 따로 있는 거지.”

성원이 당황한 듯 손을 저었다.

“아, 아니에요. 그런 뜻이 아니라…”

진우는 담배 연기를 코로 길게 내뱉으며 피식 웃었다.

“농담이야, 임마.”

진우의 얼굴은 웃고 있었지만, 그 웃음 아래 어딘가에 피곤함과 오래된 쓸쓸함이 깔려 있었다. 성원은 그 표정을 보고 아무 말도 하지 못했다. 두 사람 사이에 다시 어색한 정적이 내려앉고, 담배 연기만 둘 사이를 채우고 있었다.

그때 갑자기 인기척이 느껴져 성원이 고개를 들었다. 멀리서 누가 뚜벅, 뚜벅 걸어오고 있었다. 전등 불빛 아래 그 사람의 실루엣은 금방 알아볼 수 있었다. 팀장이었다. 큰 작업용 가방을 몸 옆으로 비스듬히 메고, 한 손은 늘 그렇듯 작업복 주머니 깊숙이 넣은 채 걸어오고 있었다. 걸음이 빠르지도 느리지도 않았지만 한 걸음씩 다가올 때마다 제자리의 공기가 조금씩 달라지는 것 같았다.

"들어가자."

딱 그 한마디. 그 짧은 말에 성원과 진우는 거의 동시에 담배를 바닥에 비벼 끄며 일어섰다. 고개를 숙여 인사를 하고 별다른 말 없이 팀장을 뒤따라 현장 안으로 들어갔다.

팀장은 타일 시공만 20년 넘게 해왔으며, 기공 열 명을 부리면서도 현장에서 직접 일하는 몇 안 되는 팀장 중 하나였다. 말이 거칠고 무뚝뚝하며 일을 시키는 강도도 서서 그 밑에서 일주일을 못 버티고 사라지는 조공들이 태반이었다.

그럼에도 그를 함부로 욕하지 못하는 이유는 그가 직접 맡아 하는 작업 속도가 보통 기공들 속도의 거의 두 배 가까웠기 때문이다. 정확도도 좋았다.

성원은 그런 팀장을 보며 배울 점이 많은 사람이라 생각해왔다. 그게 8개월 동안 일을 배우지 못한 성원이 붙잡고 있는 유일한 희망이기도 했다.

"몇 층까지 해놨어."

팀장의 낮은 목소리가 공간을 가르듯 덜어졌다. 성원이 머뭇거리자 진우가 대신 답했다.

"6층이요."

팀장이 진우를 곧바로 째려보고는 낮게 말했다.

"20층까지 다 해놔. 애랑 둘이 작업하고 있을 테니까."

“네.”

그 말이 끝나자 팀장은 돌아서서 리프트 쪽으로 향했다. 성원은 자동으로 그 뒤를 따라갔다. 진우는 그 자리에 멈춰 서서 팀장의 뒷모습을 가만히 바라보다 둘의 뒤를 따랐다. 6층에 팀장과 성원이 내리고 진우는 그대로 위층으로 올라갔다.

계단은 아까보다 더 공기가 부족한 것처럼 느껴졌다. 팀장과 단둘이 작업할 때는 서로 별다른 말을 하지 않았다. 대화가 불필요해서가 아니라 말을 섞을 틈조차 없을 만큼 작업 템포가 빨랐다.

성원이 타일 자르기 같은 잡일들을 완료하면, 팀장은 계단 위에 몰탈을 얹고, 흙손으로 평평하게 만들었다. 그 위에 접착제를 바르고 타일을 딱 맞게 붙여 놓고는 나무망치로 ‘톡, 톡, 톡.’ 일 자체는 매우 단순했다.

다만, 팀장은 앉은 자리에서 도구만 바꾸며 일을 하는 한편 성원은 왔다 갔다 하며 팀장의 템포에 맞춰, 늦지 않게, 필요한 자재들을 정확한 타이밍에 손에 쥐여주면서, 자리를 옮길 때마다 모든 도구를 다 옮겨서 다시 세팅해야만 했다.

팀장은 한 번이라도 박자가 엇나가면 불같이 화를 내며 욕을 퍼붓곤 했다. 그 긴장감과 고된 노동에 한겨울에도 계단 한 층 작업을 한 것만으로 성원은 등이 땀으로 흠뻑 젖어 옷이 몸에 달라붙었다.

6층부터 지하까지 작업하는 동안 팀장은 단 한 번도 손을 멈추지 않았다. 자른 타일을 올리고 그 위를 일정한 리듬으로 두드렸다. 그 리듬을 따라가기 위해서 성원은 계단 반 층을 수백 번 왔다 갔다 해야만 했다.

십 분이 지나자 이미 속옷까지 땀에 젖어 있었다. 땀이 흘러 작업복 안팎을 적셨고, 그 땀은 결국 신발 속까지 스며들었다. 신발 끝이 축축해지는 감각이 한 걸음 걸을 때마다 그의 걸음을 더 무겁게 느껴지게 했다. 몰탈이 담긴 통을 들고 내려올 때마다 손목이 욱신거렸고, 작업용 장갑 안쪽도 이미 땀에 눅눅하게 젖어 있었다.

"잠시 쉬고, 점심 먹고 와."

얼마나 더 해야 하는지 잊고 있을 때쯤 팀장이 뒤를 돌아보며 짧게 말했다.

성원은 그제야 시계를 확인했다. 10시. 쉬지 않고 일한 지 벌써 세 시간이나 지나 있었다. 계단을 따라 1층으로 올라오니 진우도 일을 거의 마친 상태였다. 작업복 곳곳에 흙먼지가 묻어 있었고, 숨이 가쁘게 쉬어지며 눈은 약간 충혈돼 있었다. 그래도 함께 힘든 일을 끝냈을 때 특유의 묵직한 성취감과 점심 식사에 대한 기대감이 얼굴에 묻어 있었다.

늘 이 시간에 팀장과 함께 점심을 먹곤 했는데, 최근 2주간 팀장은 성원과 진우와 함께 밥을 먹지 않았다. 딱히 이유를 말한 적도 없었다. 어느 날부터 따로 먹기 시작했다.

"가자."

진우가 짧게 말하고, 둘은 현장을 나섰다. 밖으로 나오자 머리 위로 차가운 바람이 스쳤지만, 반대로 몸은 아침햇살에 따뜻하게 데워지는 것 같은 느낌이 들었다.

그때였다. 앞에서 학생 하나가 후드를 깊게 눌러쓴 채 걸어왔다. 발끝을 조심스레 디디며 성원과 진우를 지나쳐 그대로 공사 현장 안으로 들어갔다. 순간 스친 그 얼굴은 아직 앳된 티가 가시지 않은 그런 나이었다. 성원이 눈을 가늘게 뜨며 말했다.

"학생… 같죠?"

진우는 그 뒷모습을 한참 바라보다 짧게 대답했다.

"중학생은 아닌 것 같고 고등학생 같다."

"그러게요. 너무 어린데… 저길 왜 들어가지."

"그러게."

진우가 손에 들고 있던 담배꽁초를 바닥에 버리며 말했다.

"밥이나 먹으러 가자."

둘은 걷기 시작했다. 현장 주변에는 뼈대만 올라온 아파트 외에는 아무것도 없었다. 식당이 있을 리 만무했던 그곳에서 빠져나오기 위해 둘은 묵묵히 걸었다.

꼬박 이십 분 동안 걸은 끝에 유일하게 문을 연 순대국집이 보였다. 낡아서 바래진 간판 위에 붉은 글씨로 '순대국 전문점'이라고 적혀 있었다. 둘은 말없이 들어가 구석 자리에 앉았다. 따뜻한 실내 공기가 식어 있던 얼굴과 손끝을 감싸고, 그 공기에 몸에서 긴장이 조금씩 빠져나가는 느낌이 들었다.

"너는 어쩌다가 그 나이에 타일을 하게 된 거야?"

밥을 먹다 진우가 진지한 목소리로 물었다. 농담만 나누다가 갑자기 진우의 목소리가 진지하게 바뀌자 성원은 들고 있던 숟가락을 내려놓고 대답했다.

"그냥… 군대 전역하고 돈은 벌어야 하니까요. 아르바이트하다가… 편의점 사장님이 이 일 추천해줬어요."

"음… 편의점보다는 많이 벌긴 하지."

진우가 천천히 고개를 끄덕였다. 성원은 김이 스멀스멀 올라오는 순대국을 내려다보며 말했다.

"근데 조금 더 버니까… 엄마가 일을 그만둬서 사실 똑같아요. 남는 게 없어요."

"소년가장이네."

진우의 말투는 가볍지만, 그 안에 묘한 무게가 실려 있었다.

"뭐, 그렇죠."

잠시 둘 사이에 고요가 흘렀다.

텔레비전에서는 뉴스가 나오고 있었고 다른 손님들은 대부분 혼자 와서 식사하고 있어 텔레비전 소리 외에는 별다른 소리가 들리지 않았다. 그 고요 속에서 진우가 다시 말했다.

"너 나이면 대부분 아직 학교 다닐 텐데… 대견하다."

"전 괜찮아요. 동생이 내년에 저 대신 가니까요."

성원은 짧게 웃었다.

"그래. 공부 잘한다면서."

"맞아요. 엄청 잘해요. 사진작가 되고 싶대요. 기공되면 비싼 카메라도 사주려고요."

진우는 밥을 말던 손을 멈추고 성원 얼굴을 잠시 바라봤다. 말없이 고개를 끄덕였다.

"너도 결국 기공이 되는 게… 관건이네. 이렇게 늦을 줄 알았으면 학원이나 갈 걸 그랬어."

"학원에서 배워서 일을 구하기가 쉽지 않나 봐요. 그리고 돈도 그동안 벌어야 하니까…"

"혹시…"

"왜요?"

"아니다… 별거 아냐."

진우가 갑자기 말을 멈추자 성원이 잠시 국물을 한 모금 떠먹으며 이어 말했다.

"지금 당장은 아니더라도… 동생 학교 들어갈 때, 방도 구해주고 그러려면 돈이 많이 필요할 텐데… 걱정이에요."

"등록금은 있고?"

"집에 월급 줄 때… 애초에 따로 드렸어요. 보관했다가 동생 등록금으로만 써달라고."

그 말을 들은 진우는 씁쓸한 미소를 지으며 고개를 끄덕였다. 아무 말도 덧붙이지 않았다. 둘은 다시 숟가락을 들고 해치우듯 빠르게 밥을 먹었다.

힘든 일을 끝내고 먹는 점심은 맛이 있다기보다는 그저 축난 몸을 회복시켜주는 약 같았다. 동시에 점심 이후에 일을 견디게 해줄 연료이기도 했다.

국물까지 전부 비워내 식사를 마친 둘은 동시에 숨을 길게 내쉬었다. 가벼웠던 속이 무거워지는 느낌이 들었다. 한 끼를 마친 뒤 찾아오는 그 만족감은 오후 작업에 대한 걱정 앞에서 흩어져 버렸다. 둘은 말없이 자리에서 일어나 현장을 향해 걷기 시작했다. 동네는 적막했고, 바람은 식당 안에서 빠져나온 열기를 서서히 식혀버렸다.

다시 이십 분 정도를 걸어 콘크리트와 흙냄새가 얽힌 현장이 눈앞에 나타났다. 성원은 고개를 들어 하늘을 바라보았다. 해는 머리 위에 떠 있었지만, 그에게는 이미 지고 있는 태양처럼 보였다. 지금 들어가면, 해가 완전히 넘어가고 달이 떠오를 때쯤에야 겨우 다시 밖으로 나오겠지.

그는 그것을 너무 잘 알고 있었다. 그래서인지 현장 입구 앞에 그냥 서서 애꿎은 담배만 몇 대를 더 태워댔다. 입김과 연기가 섞여 하얗게 올라갔다가 금방 바람에 흩어졌다.

진우는 옆에서 아무 말도 하지 않았지만, 그 또한 똑같은 생각을 하고 있는 듯 담배 끝을 천천히 털었다. 둘은 그렇게 다시 현장으로 천천히 걸음을 옮겼다.

＊＊＊

퇴근길에는 눈이 왔다.

성원이 집 앞에 도착해 옷에 묻은 눈을 모두 털어냈다. 문 앞에 붙은 전단지는 다섯 장이나 되었는데, 그걸 다 떼어 주머니에 넣으며 현관문을 열었다.

고된 오전 작업과 그보다 더 힘들었던 오후 작업, 그리고 퇴근하고 나서도 긴 시간을 걸어와서인지 온몸이 저려왔다.

"다녀왔습니다."

현관에 신발들이 있고 불도 다 켜져 있는데 집 안에서는 아무런 소리도 들려오지 않았다.

"지원아."

성원이 소리를 내어 동생을 불렀다.

"여기 있어."

안쪽 방에서 지원의 목소리가 들렸다. 성원은 신발을 벗고 그

쪽으로 몸을 옮겼다.

"엄마 아빠는?"

"중요한 일 있으니, 들어오지 말래."

"중요한 일 뭐?"

"뭐가 있겠어."

지원이 낮게 한숨을 쉬었다.

부모는 방문을 걸어 잠그고, 그들 딴에 귀한 음식을 먹고 있을 것이다. 늘 그랬기에 익숙했다. 한평생 자식들과 음식을 나누는 일이 없었다. 성원이 초등학교 저학년이던 시절 그보다 훨씬 어렸던 지원이 문을 열어 달라며 울었던 적이 있었는데, 그날 평소엔 순하던 아버지가 갑자기 변해버렸고 작은 아이의 뺨을 매섭게 때렸다.

그날 이후로, 형제는 부모의 식탐 앞에서 한 수 접는 법을 배웠다. 어쩌면 그들과 말이 통하지 않는다는 걸 알게 된 걸지도 모른다.

"라면 먹자. 형 오면 같이 먹으려고 기다렸어."

지원이 몸을 일으키며 말했다.

"화도 안 나?"

성원이 옷을 갈아입으며 물었다.

"에이 뭘. 더 심한 것도 봤는데."

"더 심한 거?"

"작년에 사촌들 왔는데 아빠가 자기 과자를 애들이 먹었다고 소리 소리를 지르더라니까. 창피해 죽는 줄 알았어.”

“비싼 과자였나 봐.”

“비싸긴. 버터와플이었어.”

성원은 고개를 절레절레 저었다.

지원이 얕게 한숨을 쉬며 자리에서 일어나 부엌 쪽으로 발소리를 내며 사라졌다. 성원은 침대에 기대어 잠시 눈을 감았다. 부엌에서는 가스불 켜지는 소리, 비닐봉지를 뜯는 바스락거림이 이어졌다.

잠시 뒤, 지원이 작은 상을 들고 방으로 들어왔다. 상 위에는 냄비에 담긴 라면과 밥공기가 하나씩 놓여 있었다. 김이 모락모락 피어오르며 방 안 공기에 섞였다. 성원은 그 냄새에 반쯤 눈을 떴다.

“형, 라면 먹어.”

성원 앞에 물컵을 내려놓으며 지원이 말했다. 성원이 몸을 일으켜 상 앞으로 다가갔다. 두 형제는 아무 말 없이 각자의 휴대전화를 보며 조용히 라면을 먹기 시작했다. 면을 다 비운 뒤엔 밥을 말아 허겁지겁 먹었다.

숟가락이 냄비 바닥에 부딪히는 소리가 방 안에 가늘게 울릴 때쯤 차가웠던 성원의 몸도 조금씩 온기가 돌기 시작했다.

성원이 먼저 숟가락을 내려놓고 이어서 지원도 숟가락을 내려놓았다. 이마에 송글송글 맺힌 땀이 두 형제가 만족한 식사를 하였음을 증명했다.

"요즘 재밌게 놀고 있어?"

성원이 입을 닦으며 말을 건넸다.

"공부 안 하니까 좋지, 뭐."

지원이 컵에 담긴 물을 한 모금 마시고 대답했다. 그의 손에는 아직 휴대전화가 들려있었고 시선도 벗어나지 않았다.

"친구들 만나서 맛있는 거 사 먹었어?"

"돈이 있어야 사 먹지."

"돈이 왜 없어. 형이 준 돈 있잖아."

"무슨 돈?"

"오늘 배게 밑에 두고 갔잖아."

"아, 그거? 아빠가 가져갔는데? 자기 거라고."

"너 수능 끝나서 내가 용돈 준 건데."

지원은 물컵을 내려놓고 손을 절레절레 흔들며 말했다.

"하루 이틀이야? 나 신경 쓰지 말고 형이나 빨리 돈 모아."

그의 말 안에 퉁명스러움은 전혀 없었다.

지원은 자리에서 일어나 상을 들고 밖으로 나섰다.

성원이 길게 한숨을 내쉬었다. 부모를 원망했던 적이 많았다. 성인이 되고 집을 떠날 기회가 있었음에도 그러지 않았던 건 어린 지원 때문이었다. 부모에게 사랑받은 적도, 자신이 원하는 대로 살아본 적 없던 그였지만 동생만은 그렇게 살지 않기를, 누구보다 간절히 바랐다. 매일 새벽, 스스로와의 싸움에서 이길 수 있었던 이유도 결국은 지원이었다.

"대학 가면 형이랑 나가서 살자."

성원이 부엌으로 상을 들고 가는 지원의 등 뒤에 말했다. 하지만 대답이 없었다. 지원은 상을 내려놓은 뒤, 그 자리에 그대로 서 있었다. 성원은 잠시 멈칫했다. 동생의 어색한 정적이 낯설게 느껴졌다. 성원은 무엇인가 잘못되었음을 느끼고 부엌으로 걸어갔다.

"대학 결과 나온 거야?"

성원이 지원의 어깨를 붙잡으며 물었다. 지원은 뒤돌아보지 않고, 그 자리에 그대로 서 있었다.

"잘 안됐어? 그래서 아르바이트한다고 한 거야?"

성원이 다시 물었지만, 이번에도 대답이 없었다.

잠시 후, 지원의 어깨가 미세하게 흔들렸다. 그의 눈가에 작은 물기가 맺혀 있었다. 손등으로 눈물을 살짝 훔치며 지원이 천천히 입을 열었다.

"형, 나 붙었어."

지원이 낮은 목소리로 말했다.

"수능은 최저 등급만 맞추면 되는 거였는데, 다 맞췄어."

"정말? 왜 이야기 안 했어?"

성원이 놀란 표정으로 물었다.

"어차피 안 갈 거니까."

“뭐?”

성원이 말끝을 잇지 못했다.

“나 부사관 할 거야.”

“무슨 소리야? 너 사진 배우고 싶어했잖아.”

“사진은 아무나 하나. 나 어차피 군대도 가야 하니까 부사관이나 하려고.”

지원이 이어서 말했다.

“군인도 공무원이잖아. 나중에 연금도 나올 거고.”

성원이 믿기지 않는다는 듯 고개를 흔들었다.

“서울에 있는 대학을 붙을 정도로 공부를 잘하는데, 무슨 부사관이야. 아니, 그걸 떠나서 너 군인이 하고 싶은 게 맞아?”

“…”

지원은 대답 없이 그저 서 있었다.

“엄마, 아빠가 알아?”

성원이 지원의 어깨를 잡고 흔들며 물었다.

“엄마, 아빠가 그랬음 좋겠다고 말한 거야. 등록금 없데.”

성원의 머릿속에서 무언가가 ‘뚝’ 하고 끊어지는 느낌이 들었다. 가슴 한편에 불이 붙은 듯 뜨거워졌다. 그 열이 팔과 다리로 번지면서 손끝까지 달아올랐다. 무엇을 생각했는지조차 기억나지 않았다. 몸이 먼저 움직였다. 성원은 그대로 돌아서서 안방 문고리를 거칠게 잡아 돌렸다.

“형, 하지마.”

지원이 형의 어깨를 잡으며 말렸으나 성원은 그의 팔을 강하게 뿌리쳤다. 문이 잠겨 있어 문고리가 돌아가지 않았다. 성원의 손이 미세하게 떨렸다. 이내 그는 주먹을 움켜쥐었다.

‘쿵 쿵 쿵!’

문을 세게 두드리기 시작했다. 그건 거의 노크라기보다는 주먹질에 가까웠다.

“문 열어!”

방 안이 조용했다. 성원은 멈추지 않고 문을 향해 계속 주먹을 내질렀다. 낡은 나무문이 흔들리며 금이 갔다. 그 금 근처로 부서진 나무 파편이 튀어나와 성원의 뺨을 스쳤다. 작은 가시 같은 파편이 피부에 스치며 피가 한 줄기 흘러내렸다.

‘끼익―’

엄마가 안쪽에서 문을 열었다. 방 안에는 비릿한 냄새와 술 냄새가 깔려 있었다. 식탁 위에는 커다란 접시 하나가 놓여 있었고, 그 위에 회 몇 점이 어지럽게 널려 있었다. 그릇엔 젓가락 자국이 남아 있었고, 비워진 맥주캔 여러 개가 바닥에 뒹굴거리고 있었다. 아빠의 입안에는 방금 욱여넣은 듯한 회들로 가득 차 있었고, 급히 삼키려는 듯 턱을 바삐 움직이고 있었다.

성원은 문턱 앞에 그저 서 있었다. 손이 미세하게 떨렸다. 지원은 이마를 부여잡고 그저 바라보고 있었다.

"너 미쳤어? 지금 뭐 하는 거야?"

엄마가 표독스럽게 성원을 노려보며 말했다. 맥주캔을 쥔 손이 살짝 떨렸다. 성원은 그 말을 듣지 않은 듯, 천천히 방 안으로 걸어 들어갔다. 비릿한 냄새와 술 냄새가 더 짙게 밀려왔다. 그는 아빠 쪽을 바라보며 물었다.

"아빠, 지원이 대학 붙은 거 알고 있어?"

아빠는 입안에 남은 회를 겨우 씹어 삼켰다. 목이 막혀 답답한 듯 가슴을 몇 번 두드리고는, 기어들어 가는 목소리로 대답했다.

"어, 어… 알지."

"근데 애 보고 부사관 하라고 했어?"

성원의 목소리가 낮게 떨렸다. 방 안에 짧은 정적이 흘렀다. TV 속 연예인들이 웃는 소리만 희미하게 들렸다.

"허, 허…"

아빠는 손으로 부채질하며 어색하게 웃었다.

"전교 3등 하는 애한테 부사관이 뭐야. 부사관이."

"부사관이 뭐 어때서?"

엄마가 옆에서 따지듯 끼어들었다. 그녀의 입안에서 비린 냄새가 났다.

"내가 지원이 등록금 줬잖아."

성원이 따지듯 그쪽을 바라보고 말했다.

"그거 지원이 공부시키고 빚 갚고 그러느라 다 썼다. 왜?"

“생활비랑 별개로 줬잖아.”

“돈 없어. 꼴랑 한 달에 삼백 가져오면서 유세는.”

엄마가 입꼬리를 올리며 비죽거렸다.

“내가 한 달 버는 거, 다 주는 거야. 엄마는 일도 안 하면서 어떻게 그렇게 말해?”

성원의 말에 엄마는 아무 대꾸도 하지 않았다. 대신 눈썹을 찡그리며 코웃음을 쳤다.

“지원이 대학 등록금만 내줘요.”

성원의 목소리가 낮게 떨렸다.

“그럼 똑똑한 애니까 가서는 장학금도 받을 거예요.”

“내 자식 내 맘대로 하겠다는데 너나, 지원이 담임이나… 왜 그렇게 오지랖이 넓니?”

방 안의 공기가 한순간에 얼어붙었다. 성원은 아무 말 없이 어금니를 꽉 물었다. 주먹에는 피가 말라 서서히 하얘지고 있었다.

“지원이 담임선생님도, 지원이 대학 보내야 한다고 하지?”

성원의 말에 부모는 눈을 피했다. 아빠는 자꾸 머리를 긁적였고, 엄마는 말없이 손에 쥔 캔만 굴렸다.

“남도 지원이를 이렇게 생각하는데, 부모가 돼서 어떻게 그래.”

“이게…!”

엄마가 손을 올렸다. 허공을 가르는 소리가 나고 곧장 성원의 뺨에 부딪혔다.

‘짝—’

긴 정적이 흘렀다. 그 끝에 성원은 고개를 들어 엄마와 아빠를 번갈아 바라봤다.

“내가 이 집에 남아 있었던 이유는 지원이 때문이야. 무책임한 사람들인지는 예전부터 알았지. 그래도 지원이는 공부시키길래 대학은 보낼 줄 알았어.”

그는 잠시 숨을 고르고 말을 이었다.

“근데, 지금 보니 아니었네.”

“내가 지원이 데리고 나갈 거야. 우리 찾지마.”

그 말을 마치고 성원은 방을 나왔다. 거실 한쪽에 쪼그려 앉아 있던 지원이 눈에 들어왔다. 그는 울다 지친 얼굴로 고개를 숙이고 있었다. 성원이 그의 어깨를 토닥였다.

“나가자. 짐 챙겨.”

지원은 말없이 눈물을 훔쳤다. 이내 형을 따라 방으로 들어가 가방을 들고 짐을 담기 시작했다. 방 안어서는 형제의 물건들이 가방 입구에 부딪히는 소리만 났다. 엄마는 그런 두 형제를 향해 욕을 퍼부었다. 처음엔 소리쳤고, 이내 목이 쉿소리를 뱉어내는 수준에 도달해서도 말을 이어갔다. 성원은 그 말에 아무런 대꾸도 하지 않았다. 지원도 고개를 들지 않았다.

스무 해를 넘게 살았던 그 낡은 집에서 형제의 짐은 가방 두 개를 미처 채우지 못했다. 두 사람의 발걸음이 현관 쪽을 향했다.

엄마는 따라오며 욕설을 멈추지 않았다.

형제는 눈길 한 번 주지 않고 조용히 현관을 향해 성큼성큼 다가갔다. 아빠는 안방에서 나오지도 않은 채 가만히 있었다. 성원이 문손잡이를 잡자 금속의 차가움이 손끝을 찔렀다 열린 문으로는 찬바람이 밀려들었다. 지원은 잠시 뒤를 돌아보았지만, 성원은 더 이상 뒤돌아보지 않았다. 발을 내딛는 순간, 집 안의 소음이 한순간에 멀어졌다. 계단을 오르기 시작하자, 쾅— 하는 소리와 함께 문이 닫혔다. 밖은 여전히 추웠고 깊은 밤처럼 어두웠다.

두 형제는 말없이 걸었다. 지원이 가방 한 개를 어깨에 메고, 나머지 하나는 성원이 한 손에 들었다. 골목길엔 가로등이 드문드문 켜져 있고, 불빛 사이마다 짙은 어둠이 놓여 있었다. 추운 공기에 입김이 넓게 흩어졌다가 어둠 속으로 사라졌다.

20분을 꼬박 걸었다. 짐을 들고 걸어서인지 평소보다 아파트 단지까지의 거리가 멀게 느껴졌다.

"일단 며칠은 모텔에서 쉬고 형이 방 구할게."

성원이 지원을 안심시키듯 이야기했다. 지원이 대꾸를 하지 않자 성원이 말을 이었다.

"등록금. 지금 당장은 없지만, 형이 곧 마련할 거야. 조금 기다려."

"알겠어."

지원이 짧게 대답했다.

그 말을 끝으로 두 형제 사이에 대화는 오가지 않았다. 바람이 역방향으로 불어 가방을 잡은 손을 더 꽉 쥐게 했다. 성원의 차가 주차된 아파트, 그 단지 앞에 도착했을 때, 성원이 먼저 발걸음을 멈췄다.

"여기서 차 가지고 갈 거야."

성원이 짧게 말하고는 차단봉을 지나 걸어가는데 인기척이 느껴지지 않았다. 뒤를 돌아보자, 지원이 따라오지 않고 그 자리에 서 있었다. 가방 어깨끈을 두 손으로 꼭 쥔 채, 형을 바라보다가 시선을 내렸다. 그런 지원을 보며 성원의 숨이 하얗게 흩어졌다.

"지원아, 왜 그래."

성원이 지원을 불렀지만, 지원은 미동도 없었다. 정문 차단봉이 열리고 차 한 대가 아파트 단지를 나갔다. 차단봉이 무겁게 내려가면서 공기를 갈랐다. 갈려진 공기가 마치 두 사람의 공간을 갈라놓듯 스쳐 지나갔다. 짧은 거리 사이가 좁혀지지 않은 채 차가운 바람만 불어댔다.

지원의 작은 목소리가 들려왔다.

"형, 나 그냥 돌아갈게."

성원이 지원에게 한 걸음 다가섰다.

"왜 그래."

지원 쪽에 가로등 불빛이 꺼지며 그의 얼굴이 잘 보이지 않게 되었다. 이내 시선이 바닥으로 떨어졌다.

"그냥 돌아가고 싶어."

"너 엄마 아빠랑 살면, 대학 못 가. 가도 힘들어."

"형이랑 살면?"

성원이 숨을 몰아쉬었다.

"형이 지금은 돈이 없지만, 금방 모을 수 있어. 기한까지 맞출 수 있어. 조금 있으면 일당도 거의 두 배로 오른다니까."

그의 목소리는 스스로를 설득하려는 것처럼 들렸다.

지원이 고개를 들었다.

"형, 그 얘기… 엄청 오래전부터 했잖아."

성원의 입이 천천히 닫혔다. 말이 목구멍까지 올라왔다가 그대로 막혔다. 두 사람 사이로 찬 바람이 스며들었다. 그 사이를 좁히려는 듯 성원이 성큼성큼 다가가 지원의 두 손을 잡았다. 지원은 그런 형의 눈길을 피해 고개를 돌렸다.

"형이랑 간다고 크게 달라질 것 같지 않아."

"그게 무슨 소리야. 형이 다 해준다니까?"

잘 보이지 않았지만, 지원의 눈가에는 눈물이 맺혀 있었다.

"그냥 형 인생 살아. 내 인생은 내가 알아서 할게."

지원의 목소리가 잔인하게 성원에 귀에 꽂혔다.

"너 왜 그래, 정말."

성원의 말끝이 갈라졌다. 지원은 잠시 형을 바라보다가 잡은 손을 천천히 떼어내고 고개를 돌렸다.

"엄마 아빠 연락받지 말고."

그의 손이 빠져나가자 성원의 손끝에서 미묘한 온기가 사라졌다. 성원은 멀어져 가는 지원의 뒷모습을 그저 바라보기만 했다. 눈길을 밟는 지원의 발소리가 점점 희미해지다 이내 들리지 않게 되었다.

성원은 그 자리에서 꽤 오랫동안 발을 떼지 못했다.

＊＊＊

아침부터 일이 손에 잘 잡히지 않았다. 전날 급하게 잡은 모텔 방은 한겨울 추위를 막아주지 못했고, 새벽 내내 뒤척인 탓에 눈꺼풀이 무거웠다.

지원이 생각이 머릿속을 떠나지 않았다. 형을 믿지 못해서 돌아간 건지, 아니면 대학에 가기 싫어진 건지, 며칠 전 이야기 했던 아르바이트 얘기도 마음에 걸렸다. 괜히 이상한 친구들에게 물들어 휩쓸리고 있는 건 아닌지 걱정이 갈피 없이 번졌다.

무거워진 눈꺼풀을 억지로 치켜들고, 몰탈 포대를 옮기려니 평소보다 속도가 나지 않았다. 점심시간이 되었을 무렵 진우만이 본인의 일을 거의 마친 듯 보였다. 진우가 마지막 몰탈 포대를 가져다 놓고 계단으로 내려갔다.

팀장은 말없이 흙손으로 계단에 몰탈을 바르고 있었다.

"팀장님, 저… 드릴 말씀이 하나 있는데요."

몰탈 포대를 바닥에 내려놓고 성원이 조심스럽게 말을 꺼냈다.

"뭔데."

팀장이 흙손을 쥔 채로 성원을 쳐다보지도 않고 신경질적으로 대답했다.

짧은 정적이 흘렀다.

성원은 잠시 머뭇거리다가, 결심한 듯 입을 열었다.

"제가 조공한 지, 8개월 조금 넘었는데요… 혹시 기공 일을 조금 배워볼 수 있을까요."

"8개월 일하고 무슨 기공 일을 배워."

팀장이 코웃음을 쳤다.

"제가 사실 돈이 좀 궁해서요… 그리고 다른 현장에서는…"

"무슨 현장? 그런 현장 있으면 거기 가서 다시 해."

"아닙니다, 죄송합니다…"

성원의 목소리가 점점 작아졌다. 팀장은 흙손을 바닥에 툭 하고 내려놓으며 투덜거리듯 말했다.

"진우도 드럽게 재촉하더니, 너까지 왜 그러냐."

"정말 제 사정이 조금 어려워서요."

"어련히 준비됐을 때 알려주겠지 해야지. 요즘 것들은, 참."

성원은 팀장의 마지막 말에 대답하지 못했다. 바지 위에 묻은 먼지를 괜히 터는 척하며 고개를 숙였다. 그의 손끝이 미세하게 떨렸다.

"제가 상황이 진짜 어려워서 그래요."

"됐어. 시끄러워 작업 이따 하고 가서 죽심이나 먹고 와."

성원이 아무 대답도 하지 않고 그 자리에 서 있었다.

"뭐해? 빨리 안 가고."

팀장이 손을 휘저으며 말했다. 말 속에 짜증이 가득했다.

"네…"

성원은 고개를 끄덕이고 계단을 내려갔다.

늘 기다려졌던 점심시간이지만, 밥이 입안에서 모래알처럼 굴러다녔다. 삼킬 때마다 목이 마르고 속이 텅 빈 것처럼 울렁거렸다. 옆에서 진우가 농담해도 성원은 가볍게 대꾸하고 대화를 이어 나가지는 않았다. 성원은 먹는 둥 마는 둥 숟가락을 내려놓았고, 이상한 분위기를 읽은 진우만이 조용히 밥을 먹었다.

짧은 시간이 지나 진우도 식사를 마쳤다.

"괜찮아?"

진우가 숟가락을 내려놓으며 조심스럽게 물었다. 멍하니 창가를 보고 있던 성원은 늦게나마 고개를 들었다.

"어… 어, 왜요?"

입술이 건조하게 달라붙어 평소보다 말끝이 느리게 흘렀다. 대답이라기보단 반사적으로 튀어나온 소리에 가까웠다. 진우는 성원의 얼굴을 잠시 살폈다.

"오늘 아침부터 계속 멍해 있더라. 속도도 평소보다 느리고."

성원은 대답을 바로 하지 못했다. 잠시 숟가락을 만지작거리며 어디서부터 말을 꺼내야 할지 몰라 입술을 몇 번 더 달싹거렸다.

"그냥… 어제 잠을 잘 못 잤어요."

말을 들은 진우는 고개를 천천히 끄덕였다. 굳이 캐묻지 않았지만, 뭔가 있다는 것을 알 수 있었다.

"그래도 좀 먹어. 안 먹으면 더 힘들어."

식탁에 놓인 순대국이 미지근하게 식어 있었다. 성원의 눈빛이 잠시 허공에서 멈춰 섰다. 그리고 아주 작게 혼잣말 같은 말이 흘러나왔다.

"아니에요, 입맛이 없어서…"

진우는 대답 대신 조용히 물컵을 들고 한 모금 마셨다.

현장으로 돌아갈 때도 성원의 발걸음은 여전히 둔했다. 빈속에 밥은 얼마 먹지도 않고 물만 들이밀어 넣은 탓에 몸이 무겁게 가라앉았고, 아침부터 내내 붙어 있던 졸음과 피로가 아직도 어깨에 걸쳐있는 듯했다.

현장은 점심시간 특유의 적막을 품고 있었다. 흙먼지가 바람결에 살짝 떠오르는 소리, 208동 앞에 다다르자, 그 안에서 누군가 나오는 것이 보였다.

어제 본 그 어린 학생이었다.

그는 두 손으로 불안하게 무언가를 가득 안고 있었다. 작업용 장갑과 공구함 그리고 학교에서 가져온 듯한 짙은 색 백팩. 학생은 성원과 진우를 보자 잠시 발을 멈췄다. 한 박자 늦게 눈이 마주쳤고, 그 짧은 시간 동안 공기가 희미하게 흔들렸다.

성원과 진우도 걸음을 멈췄다. 서로의 시선이 스쳐 지나가는 그 순간, 학생은 곧 두 사람 사이를 빠르게 스쳐 지나갔다. 발소리가 가볍지도, 무겁지도 않은 이상하게 비어 있는 리듬이었다.

그때였다. 진우가 갑자기 턱을 꽉 무는 소리가 들릴 정도로 이를 꽉 물고 거친 숨을 들이마시더니, 아무 말도 없이 일터 쪽으로 뛰어 들어갔다. 걸음이 아니라 거의 돌진에 가까웠다.

성원은 그 기세에 잠시 멍해졌다. 진우의 등이 짧은 순간에 시야 밖으로 사라졌다.

"형, 잠깐!"

성원이 정신을 차리고 소리치며 달려갔다. 하지만 진우는 이미 분노에 사로잡힌 사람처럼 빠른 속도로 건물 계단을 올랐다. 성원이 뒤따라가도 그를 잡을 수가 없었다. 손끝이 닿기 직전마다 진우의 어깨가 한 뼘씩 멀어져 갔다. 성원은 숨을 몰아쉬며 진우가 올라간 계단을 따라 올랐다.

진우의 발소리가 갑자기 멈추었다. 성원은 가쁜 숨을 몰아쉬며 계단을 한 층 더 올라갔다. 층에 도착하자, 그 앞에는 팀장과 진우가 서로를 향해 서 있었다. 둘 사이의 공기는 이미 팽팽하게 당겨져 있었다. 성원은 무슨 일인지 모른 채 헐떡이는 숨을 겨우 추스르며 둘을 번갈아 바라봤다. 그 순간, 진우가 팀장을 향해 소리쳤다.

"지금 쟤한테 일 가르쳐주고 있었던 거죠?"

목이 갈라질 정도로 날 선 목소리였다. 팀장은 곧바로 대답하지 않고 코끝을 찡그리며 눈썹을 거칠게 긁었다. 그 무심한 동작이 진우의 분노를 더 자극했다.

"조공한테 일은 안 가르쳐주고, 누구한테 일을 가르칩니까?"

진우가 다시 추궁하듯 외쳤다. 팀장은 굳은 얼굴로 성가시다는 듯 혀를 쯧 차더니, 바닥에 카악 하고 침을 내뱉었다. 그리고 고개를 비스듬히 틀며 빈정거리는 목소리로 말했다.

"내가 누구한테 가르치건 네가 뭔 상관인데?"

팀장이 비웃듯 턱을 들었다. 진우는 이를 꽉 물었다가 거의 씹어 삼킬 듯한 목소리로 말했다.

"쟤는 누군데요?"

"걔?"

팀장이 귀찮다는 듯 코웃음을 쳤다.

"내 조카다, 왜."

진우는 말이 막힌 듯 숨을 급하게 들이켰다. 한 박자 늦게, 분노가 얼굴에 또렷하게 드러났다.

"진짜 너무하시네."

그는 허리를 약간 숙였다 펴며 화를 억누르려는 듯 가슴을 크게 들썩였다.

"누군… 6개월 동안 조공하면서 뼈 빠지게 일하고 일당 10만 원 받는데, 누군 바로 기공 일 배우고?"

팀장은 여전히 눈 하나 깜빡하지 않았다.

복도 바닥의 먼지가 그의 침 뱉은 자리 주위에 얇게 내려앉았다. 진우는 더 가까이 다가섰다. 목소리는 낮아졌지만, 그 낮음 속에 더 깊은 분노가 깔려 있었다.

"우리한테… 일 가르쳐줄 생각이 있기는 해요?"

성원은 진우의 어깨가 크게 흔들리는 걸 보았다.

팀장이 아무 말도 하지 않자 진우가 참았던 숨을 내뱉듯 크게 쏘아붙였다.

"6개월이에요, 6개월! 처음에는 3개월만 하면 가르쳐준다고 해놓고… 이렇게 질질 끌면 어떡합니까."

말끝이 떨렸지만, 그 떨림은 억울함 때문인지 분노 때문인지 구분하기 어려울 만큼 깊었다. 팀장은 고기를 약간 젖히고 비웃음을 흘렸다.

"뭐… 그런 법이라도 있어?"

말끝이 길게 늘어져 있었다. 진우는 더 낮고 단단한 목소리로 물었다.

"저희도 일을 배워야 돈을 더 받죠."

"야. 야."

팀장이 손을 휘저으며 말했다.

"그냥 꺼져. 싸가지 없는 새끼… 배우고 싶음 학원에 가든가."

진우의 눈빛이 순간 굳어졌다. 그동안 참고 눌렀던 것들이 딱, 하고 부러지는 소리처럼 표정 위에서 깨졌다.

"처음부터… 일 가르쳐줄 생각 없었지?"

팀장은 대답하지 않고, 진우를 훑어보기만 했다.

그 무시하는 시선이 진우의 마지막 남은 인내까지 쓸어냈다. 순간, 진우가 계단 두 개를 성큼 올라섰다. 세로로 세워진 타일이 쨍 하고 깨지는 소리와 함께 팀장의 멱살을 단단히 움켜잡았다. 팀장이 뒤로 젖혀지며 헐떡이는 숨을 토해냈다.

"형!"

성원이 깜짝 놀라 뛰어들어 진우의 팔을 붙잡았다. 손끝이 떨려 제어가 잘되지 않았다. 진우의 어깨와 등은 화가 치솟아 들썩거렸고, 팀장은 멱살을 잡힌 채 욕을 하며 진우를 밀어내려 하였으나 밀리지 않았다. 성원이 더 세게 진우의 팔을 잡아당겼다.

"형, 그만해!"

그 순간, 진우가 성원을 향해 날카롭게 외쳤다.

"놔!"

그의 팔이 성원의 손을 거칠게 뿌리쳤다. 작은 체구에서 얼마나 힘을 줬는지 키가 한 뼘이 더 큰 성원을 중심을 잃고 뒤로 넘어지게 했다. 팀장은 성원이 넘어진 것을 보자 눈빛이 번쩍였다. 그는 가까이 선 진우의 가슴팍을 양손으로 강하게 밀쳤다.

"꺼져, 이 개…!"

진우의 몸이 뒤로 확 밀렸다. 진우는 한 발로 균형을 잡으려 했지만, 몸이 뒤로 기울어지며 팔이 허공을 허우적거렸다. 무언가라도 잡으려는 손짓이었지만 그가 닿을 만한 곳엔 아직 손잡이도, 난간도 없었다. 순간, 진우의 몸이 반 층 아래로 떨어졌다.

'쿵—!'

허리가 계단 모서리에 부딪혀 둔탁한 소리가 울렸다. 그리고 그의 몸이 앞으로 쏠렸다. 균형을 완전히 잃은 진우는 다시 한번 반 층 아래로 떨어졌다.

'쩍—'

이번엔 머리부터 바닥으로 떨어졌다. 전보다 더 날카로운 소리가 울렸다. 성원은 숨이 멈춘 사람처럼 앉은 채로 그 자리에 굳었다. 귀에서는 쉴 새 없이 현장 소음이 들리는데, 머릿속은 텅 비어갔다. 팀장의 숨소리만 가늘고 거칠게 들렸다. 성원은 정신을 간신히 붙잡고 비틀거리며 계단을 내려가기 시작했다. 발에 힘이 들어가지 않아 반 층을 내려가고는 두 팔을 땅에 짚고 기어서 나머지 반 층을 내려갔다.

진우가 떨어진 자리에는 피가 흥건히 번져 있었다. 붉은색 일 것이라 생각했던 피는 어둡다 못해 검게 느껴졌다. 진우는 몸이 반쯤 틀어진 채 계단 모서리에 걸려 있었고, 얼굴은 어딘가로 향해 있지만 초점이 완전히 풀려 있었다.

"형… 형, 괜찮아?"

성원이 떨리는 목소리로 말하며 어깨를 두 번, 세 번 툭툭 쳤다. 그러나 진우는 눈꺼풀 하나 움직이지 않았다.

침묵.

시간이 멈춘 것처럼 느껴졌다. 뒤에서 계단을 밟고 내려오는 소리가 들렸다. 팀장이었다.

"…죽었어?"

팀장의 목소리는 놀람보다 확인하려는 질문에 가까웠다.

"모… 모르겠어요."

성원의 목소리는 갈라져 있었다. 성원이 주머니에서 휴대전화 꺼내 들자 팀장이 갑자기 소리쳤다.

"잠깐만!"

그러고는 서둘러 내려와 진우의 목에 손을 가져다 댔다. 손끝이 미세하게 떨렸고, 몇 초간 아무 말도 하지 않았다.

"…죽었네."

팀장이 낮게 중얼렸다. 성원이 다시 휴대전화를 손에 쥐고 전화 버튼을 누르려 할 때, 팀장이 손을 뻗어 성원의 휴대폰을 거칠게 낚아챘다.

"뭐 하려고?"

"신, 신고해야죠. 사람… 사람이 죽었는데요."

팀장의 얼굴이 일그러졌다.

눈이 뒤집힌 채로 성원을 노려보며 말했다.

"여기서 신고하면 너나 나나 끝이야."

"…네?"

성원의 목소리는 거의 들리지 않았다. 팀장은 성원을 한참 내려다보다, 말을 천천히 이어갔다.

"너… 여기서 경찰에 신고하면 다른 데서 일 못 해. 조공이든 뭐든, 아무도 안 써. 이 바닥 좁은 거 알지?"

피 냄새가 공기 속에 짙게 퍼져 있었다. 성원은 입술을 달싹이며 간신히 말했다.

"그래도… 사람이 죽었는데…"

주저하는 순간을 놓치지 않고 팀장이 말을 끼어 넣었다.

"야."

팀장의 목소리가 낮아졌다.

"내가 일 가르쳐줄게."

성원의 심장이 한 번 크게 내려앉았다.

"다음 달부터."

팀장은 성원의 표정을 살핀 뒤, 더 세게 밀어붙였다.

"원하면 내일부터라도. 너 돈 필요하다고 했었잖아. 이거 배우면 일당 바로 20만 원이야, 알아?"

그 말이 끝나자 공기가 묘하게 뒤틀렸다.

"너 지금부터 내 말 잘 듣고, 시키는 대로 해야 돼."

진우가 쓰러진 자리 쪽에서는 여전히 피가 천천히 번지고 있었다. 하지만 팀장의 눈은 그쪽을 한 번도 향하지 않았다. 그는 오직 성원만 바라보고 있었다.

＊＊＊

경찰서에서 연락이 왔을 때 성원은 잔뜩 겁을 먹었다. 살면서 경찰서에 갈 일이 단 한 번도 없었기 때문이다.

간단한 참고인 조사가 필요하다는 형사의 말과 마치 아무 일도 아니라는 듯 성원이 해야 할 말과 하지 말아야 할 말까지 하나하나 알려주었던 팀장 덕에 경찰서로 들어가는 순간까지는 그렇게 긴장이 되진 않았다. 오히려 준비한 말을 잘 내뱉기만 하면 금방 끝날 거라고 믿고 있었다.

하지만 조사실에 앉아 형사와 마주 보는 순간 조금씩 긴장이 몸을 조여왔다. 조사실은 생각보다 작았다. 문을 닫자마자 숨이 한 번 더 가라앉는 기분이 들었다. 탁자 하나와 의자 두 개, 맞은편에 앉은 형사는 덩치가 커서 팔을 꼼짝하지 않아도 작은 방을 거의 다 채울 것처럼 보였다. 험상궂은 인상과는 달리 목에 걸린 금목걸이가 유난히 번쩍거렸다. 그 반짝임이 오히려 더욱 위압적으로 느껴졌다.

처음 몇 개의 질문은 준비해온 대로 대답할 수 있었다. 하지만 형사는 같은 질문을 조금 다른 방식으로 여러 번 반복해서 물었다. 성원이 정신을 바짝 차리고 계속 같은 대답을 하며 질문을 넘겼다. 점점 시간 감각이 흐려지고 목뒤로 식은땀이 송골송골 맺히기 시작할 때쯤 형사가 키보드에 손을 떼고 말했다.

"자… 종합해 보면…"

형사가 성원을 바라보고는 천천히 말을 이어갔다.

"김진우 씨와 함께 점심을 먹고, 본인은 지하에서부터 작업을 시작했고, 김진우 씨는 4층으로 올라갔는데…"

형사는 시선을 들었다.

"쿵 소리가 두 번 들렸고 그때는 별다른 생각이 없다가, 작업을 마치고 올라가 보니 김진우 씨가 죽어 있었다는 거죠?"

"네…"

성원은 입술을 한 번 적시며 작게 말했다,

형사는 고개를 끄덕이며 아무 감정 없는 목소리로 또 하나를 확인했다.

"김진우 씨가 평소에 안전모를 잘 쓰지 않았고요."

“네… 사실 타일 하는 사람들은 대부분 잘 쓰지 않거든요…”

성원의 말끝이 작게 떨렸다.

“평소에 작은 체구 때문에 자주 휘청거리는 모습을 봤었고요.”

“네…”

성원은 짧게 대답했지만, 그 한 음절 속에 자신도 모르게 숨이 조금 걸렸다. 형사는 잠시 성원을 빤히 바라보다가 조심스럽게 의자에서 일어났다.

“네. 뭐… 일단 알겠습니다. 사인하고 지장 찍을 게 조금 있거든요? 잠시 기다리세요.”

형사는 조사실 문을 열고 나갔다. 문이 닫히며 바깥 공기가 안으로 살짝 들어왔다. 남겨진 조사실 안에서 성원은 홀로 앉아 있었다. 이제야 조사실이 조금 넓게 느껴졌다.

조금 뒤, 형사가 다시 조사실로 들어왔다. 손에는 방금 출력된 조서가 한 묶음 들려있었다.

“지금까지 말씀하신 내용입니다. 한번 읽어보세요.”

성원은 종이를 받아 들었다. 똑같은 문장들이 다른 의미로 다가오는 기분이었다. 자신이 직접 말한 내용인데도 활자로 정리된 문장은 묘하게 낯설었다.

“다 맞는 것 같아요…”

성원의 말을 듣자 형사는 인주를 꺼내 성원에게 건넨 뒤, 지장 찍을 부분을 하나씩 손가락으로 짚어 가르쳐줬다. 성원은 빨간색 인주를 엄지손가락 끝에 묻혔다. 색이 선명하게 묻었다. 그걸 종이에 꾹 눌러 찍었다. 여러 장을 넘기며 똑같은 동작을 반복했다. 그 시간은 길지 않았다. 마지막 장에 지장을 찍자 형사는 물티슈 몇 장을 뽑아 건넸다.

"이걸로 닦으세요. 이제 가셔도 됩니다."

"네…"

성원은 작게 대답했다. 그러고는 자리에서 일어나 고개를 숙이듯 인사한 뒤 조사실을 나왔다.

형사과 사무실을 지나 문밖으로 나오자 다리에 힘이 툭 풀리는 것처럼 느껴졌다. 마치 오래 서 있다 앉았을 때 근육이 축 처지는 듯한 느낌이 밀려왔다. 현관 옆 유리 거울에 비친 성원은 한눈에 봐도 지쳐 있었다. 이마와 앞머리가 식은땀으로 흥건히 젖어 있었고, 입술은 바짝 말라 있었다.

문을 밀고 밖으로 나오자 겨울바람이 얼굴을 정면으로 때렸다. 뜨거운 몸과 차가운 공기가 부딪쳐 순간적으로 정신이 맑아지는 느낌이 들었다.

성원은 주머니에 손을 넣어 담배를 꺼냈다. 손가락이 미세하게 떨렸다. 조금 떨어진 곳에 있는 흡연장 그 앞에 있는 작은 부스로 들어갔다. 바람막이만 되는 얇은 플라스틱 벽이었지만 바깥보다는 훨씬 덜 추웠다.

성원은 주머니에서 라이터를 꺼내 담배 끝에 불을 붙였다. 첫 모금을 크게 빨아들이며 긴 숨을 토해냈다. 하늘은 불투명한 회색. 금방이라도 비가 내릴 듯 먹구름이 낮게 깔려 있었다. 그 하늘 위로 담배 연기가 흘러 올라가다 흩어졌다.

주머니에서 휴대폰을 꺼내 보니 팀장에게서 온 문자들이 한 줄씩 쌓여있었다. 조사가 끝났는지 묻는 문자였다.

[잘 끝났습니다.]

성원은 짧게 답장을 보냈다. 팀장은 그가 준비한 대로만 말하면 아무 문제 없다고 계속해서 강조했었는데, 그의 말이 얼추 맞았다. 형사는 뭔가 걸리는 듯한 표정을 잠깐 지었을 뿐, 깊게 파고들지는 않았다.

그 사고가 난 지 일주일이 지났다. 진우의 장례식도 조용히 끝났다. 장례식장에 갔었던 성원은 진우의 빈소 앞에서 도저히 발이 떨어지지 않았다. 그저 멀리서 사람들이 조문을 마치고 나오는 모습을 조용히 지켜볼 뿐이었다. 틈 사이로 지나가는 진우의 가족들 얼굴을 아무 말 없이 바라보았었다. 몇 번을 고민했는지 모른다. 모든 사실을 밝혀야 하는 것이 아닌지, 진우가 죽기 전 그의 얼굴, 떨어지며 났던 그 둔탁한 소리, 피가 검은색처럼 보였던 순간까지. 그 장면들이 머릿속에서 계속 반복됐다.

사실대로 말하는 게 옳았다. 하지만 그렇게 되면 팀장 말처럼 다른 현장에서는 성원을 받아주지 않을지도 모른다.

그 생각을 할 때마다 지원의 얼굴이 떠올랐다.

지원이 대학에 붙었다고 말하던 그날, 울먹이면서도 꼭 참고 있던 표정. 작게 떨리던 목소리. 지원을 데리고 집을 나왔을 때, 얼굴에 붙어 있던 눈물. 그렇게 성원은 진우의 빈소에 들어가지 못했다.

부스 안에서 성원은 담배를 쥔 손가락을 천천히 들어 올려 연기를 내뿜고 있었다. 겨울 공기가 차갑게 스며들어 연기가 더 짙어 보였다. 그때 발걸음 소리가 멀리서부터 또각또각 들려왔다. 규칙적이고 무겁고, 익숙한 리듬. 성원은 그게를 듣지 않았다. 그저 담배 끝을 바라보고 있었다. 하지만 발걸음은 점점 가까워졌고 부스 앞에서 멈췄다.

그제야 성원은 고개를 들었고, 거기엔 아까 자신을 조사했던 형사가 서 있었다. 형사는 담배에 불을 붙이며 성원을 못 본 듯 시선을 딴 곳에 두었다가, 부스 바로 앞에서야 성원이 있는 걸 인지한 듯 짧게 고개를 까딱였다. 말도, 감정도, 그 어떤 무게도 담기지 않은 습관적인 인사였다. 성원 역시 작게 고개를 숙여 답했다. 흡연 부스 안에 짧고 날카로운 침묵이 가득 찼다.

형사는 불붙인 담배를 몇 번 천천히 빨았고 성원은 형사의 존재가 불편해 자리를 뜨고자 담배를 손가락으로 털어 담뱃불을 껐다.

“세 분이서 오래 일하셨다고 했죠?”

형사가 성원을 쳐다보고 말했다. 성원은 심장이 내려앉는 듯한 느낌이 들었다.

“네…?”

목소리가 갈라졌다. 형사는 계속해서 아무렇지 않게 말을 이었다.

“거기 팀장님이랑, 선생님이랑 그리고 돌아가신 김진우 씨.”

성원은 대답을 급히 찾았지만 말이 바로 나오지 않았다.

“아, 네. 셋이서… 오래는 아니고, 6개월 같이 일했습니다.”

형사는 고개를 한 번 끄덕이더니 다시 하늘을 올려다보았다.

“그렇군요.”

별 의미 없는 내용이었지만, 그 말속에는 무언가를 더 확인하려는 얇은 탐색의 기운이 있었다.

“이 사건은요… 업무상과실치사예요.”

담배 연기 사이로 형사의 말이 천천히 떨어져 내렸다.

“…네?”

성원의 목소리는 너무 작았다. 형사는 시선을 성원에게 돌렸다.

“공사현장에서 인부가 사고로 죽으면 보통 현장 소장이 업무상과실치사 피의자가 돼요.”

“아, 네…”

성원은 형사의 시선이 부담스러워 고개를 떨궜다.

형사는 담배 끝을 털며 말을 이어갔다.

"거기 팀장님이나… 우리 선생님은 형사적으로 책임질 게 없어요."

성원은 아무 말도 하지 못했다. 고개를 아래로 더 깊게 숙였다. 그러자 형사가 가볍게 웃으며 말했다.

"뭐, 선생님이 거짓말하신 게 아니라면요."

성원의 고개가 번쩍 들렸다.

"…네? 무슨 소리세요?"

형사는 크게 웃으며 손을 휘저었다.

"하하, 농담입니다. 농담."

"아니… 사람이 죽었는데, 농담을 하세요."

"그렇죠. 사람이 죽었을 때, 농담을 하진 않죠."

주변 공기가 더 낮아진 것처럼 느껴졌다. 성원은 말을 잃었다. 입술을 여는 것조차 어색해지는 분위기였다. 그 침묵을 형사가 먼저 깼다. 조금 전과는 전혀 다른 웃음기 없는 말투였다.

"이 직업이 본의 아니게 죽음을 정말 많이 봅니다."

형사는 담배를 한 모금 깊게 빨았다.

"그래서 알게 된 건데, 사람이 죽으면 주변 사람들에게 생기는 특징이 있어요."

"아무리 악독하고, 사이가 안 좋았던 사람이더라도. 죽음 뒤에는 대부분 나쁜 일은 잊어버리고, 좋았던 일들만 생각합니다.”

성원은 그의 말을 그저 듣고만 있었다.

“사실 선생님께 여쭙고 싶은 게 있어서, 나와 봤어요.”

“…뭐죠?”

형사는 성원의 얼굴을 빤히 보다가, 담배꽁초를 재떨이에 던졌다. 그러고는 말을 이어갔다.

“말씀하신 대로 사람이 죽었는데요. 그쪽 팀장님도, 우리 선생님도… 두 분은 안타까워하는 마음은 없으신 것 같아요.”

잠깐 멈춘 뒤, 형사는 덧붙였다.

“하시는 말씀은 두 분이 뭐 짠 것처럼 단어까지 똑같으시고.”

성원은 잠시 말을 뱉지 못했다.

어색한 정적이 둘 사이를 팽팽히 유지했다.

그 정적이 너무 길어 수상해지기 직전에 성원이 억지로 대답했다.

“그런 거 아닙니다. 제, 제가 경찰서를 처음 와봐서… 긴장이 조금 돼서 그랬어요.”

성원은 최대한 침착해 보이려고 노력했다. 형사는 그런 성원의 모습을 보며 가볍게 눈썹을 올리고 고개를 천천히 끄덕였다.

“아, 그러실 수 있겠네요.”

형사는 예의 바른 말씨와 대비되게 떨떠름한 얼굴을 지었다. 그는 담배를 마지막으로 한 모금 깊게 빨고 연기를 뱉으며 꽁초를 쓰레기통에 던졌다.

"그럼 전 들어가겠습니다. 살펴 가세요."

"네… 들어가세요."

성원은 억지로 미소 비슷한 걸 짓고 작게 말했다.

형사는 고개를 살짝 숙여 인사하더니 경찰서 건물 쪽으로 걸어갔다. 발걸음은 느리지 않았는데, 그가 경찰서 건물로 들어가는 데까지 긴 시간이 걸리는 것처럼 느껴졌다. 몇 걸음쯤 갔을까. 형사가 갑자기 멈추더니 다시 뒤를 돌아보았다. 성원의 가슴이 순간적으로 철썩 내려앉았다. 형사는 편안한 얼굴로 말했다.

"혹시… 추가로 하실 말씀 생기시면 제가 드린 명함 있죠?"

성원은 숨을 삼키며 고개를 끄덕였다. 그러자 형사가 부드럽게 덧붙였다.

"전화 주세요. 아니면, 저는 거의 매일 여기 있으니까… 오셔도 되고요."

그러고는 대답을 기다리지 않고 건물 안으로 들어가 버렸다. 그 모습을 성원은 멍하니 바라보다, 그 자리에서 담배를 한 대 더 피웠다.

경찰서를 나와 차에 올라탄 성원은 형사의 명함을 운전석 옆 컵홀더에 구긴 뒤 버렸다. 그러고는 차를 몰고 새로 얻은 고시원에 도착했다.

침대 하나 겨우 들어가는 작은 공간. 주방도 없고, 창문도 손바닥만 하고, 바람이 잘 들지 않아 눅눅했지만, 성원에게는 부모가 있는 집보다 아늑하게 느껴졌다.

방에 들어와 그는 무심하게 겉옷을 벗어 책상 위에 접어 올려뒀다. 휴대전화를 확인하자 팀장에게서 답장이 와 있었다. 별다른 내용 없이 알겠다는 내용이었다. 성원은 침대 모서리에 앉아 오랫동안 숨을 들이마셨다.

진우가 죽은 다음 날부터 팀장은 약속대로 그에게 기공 일을 가르쳐주기 시작했다. 기대했던 것보다 기공 일은 단순했다. 너무 단순해서 처음엔 허탈하기까지 했지만, 누군가 옆에서 몸으로 보여주지 않으면 절대 혼자 터득할 수 없는 것들이었다.

기공 일을 완전히 배우지 않았음에도 일당은 두 배가 되었다. 5일 일했을 뿐인데 백만 원이 손에 들어왔다. 가끔은 통장에 찍힌 숫자가 현실이 아닌 것처럼 보였다. 그간 따로 모아둔 비상금까지 합치면 지원의 대학 등록금 납부 마감일까지 남은 기간 2주일. 매일 일하면 등록금을 맞출 수 있었다.

지원에게서는 별다른 연락이 오지 않았다. 그게 오히려 고마웠다. 지금의 성원은 지원을 마주할 용기가 없었다. 아무렇지 않은 척 대화를 시작할 수도, 형으로서 조언해 줄 수도, 그저 웃을 수도 없었을 것이다. 그저 돈을 모아 등록금을 손에 쥐여 줄 때, 어쩔 수 없이 그를 마주해야 할 것만 같았다.

그렇게 성원은 하루도 빠짐없이 일을 나갔다. 아침엔 조공 일을 하고, 틈이 나면 팀장 옆에 붙어 기공 일을 배웠다. 몸은 매일같이 부서지는 기분이었지만 주머니에 들어오는 돈은 늘어났다. 집에 돈을 보내지 않으니 통장에 금액이 쌓이는 속도도 눈에 띄게 빨라졌다. 고된 날들이었지만 성원은 생전 처음으로 돈을 모으는 감각이 달콤하게 느껴졌다.

드디어 2주가 지나고 지원의 등록금이 모두 채워졌다.

2주 만의 휴식을 취할 겸 하루 일을 쉬기로 팀장에게 이야기했다. 등록금을 현찰로 뽑아 봉투에 담은 뒤 점퍼 주머니에 넣고 주머니의 지퍼를 올렸다.

이왕이면 지원을 만나 직접 말해주고 싶었다. 한참을 망설이다가 용기를 내 휴대전화를 꺼내 지원에게 전화를 걸었다. 수화기 너머로 신호음이 울렸다. 한 번, 두 번… 하지만 전화를 받지 않았다. 잠시 후 음성사서함으로 넘어갔다.

몇 번을 다시 걸어도 마찬가지였다. 신호음은 갔지만 끝내 아무도 받지 않았다. 성원은 시계를 보았다. 7시. 이 시간이라면 등교하기 전. 분명 지원이 전화를 받을 수 있는 시간인데 이상했다. 성원은 휴대전화를 주머니에 넣고 외투를 급하게 집어 들었다. 지퍼가 제대로 잠기지 않아 겉옷이 한쪽으로 쏠렸지만 정리할 겨를

이 없었다.

지금 차를 타고 집에 가면 등교 중인 지원을 만날 수도 있겠다는 생각에 몸을 바삐 움직였다. 고시원 문을 벌컥 열고 내려갔다. 좁은 계단을 내려가는데 발걸음이 들쭉날쭉했다. 급한 마음이 몸보다 먼저 내려가는 것처럼 계단 끝이 잘 보이지 않았다.

주차장에 도착하자마자 그는 차 문을 열어젖히고 운전석에 올라탔다. 손이 떨려왔다. 급하게 키를 돌려 시동을 걸었다. 엔진이 덜덜 떨리며 켜지는 동안도 성원은 휴대전화를 붙잡고 통화 버튼을 계속 눌렀다. 신호음이 울리자 그는 핸들을 붙잡은 손에 힘을 더 줬다. 주차장을 빠져나가는 내내 전화를 걸었지만 끝내 연결되지 않았다.

"왜 전화를 안 받아."

성원은 작게 읊조리고는 액셀러레이터를 밟았다. 주차장을 빠져나온 성원은 좁은 골목길을 빠르게 통과해 큰길로 나왔다. 길은 이미 출근 시간대의 차들로 인해 가득 막혀 있었다. 성원은 핸들을 쥔 손을 무의식적으로 꽉 조였다가 천천히 놓았다. 한숨이 절로 새어 나왔다. 주머니에서 담배를 하나 꺼내 입에 물었다. 불안하던 마음이 잠시 멈춘 듯했지만 금방 다시 조급함이 올라왔다. 담배를 잡은 손으로 휴대전화를 조작해서 통화 버튼을 다시 눌렀다.

신호음이 들려왔다.

한 번.

두 번.

세 번.

그 순간이었다.

"여보세요."

전화가 연결됐다. 너무 갑작스럽게 들려 성원은 담배를 떨어뜨릴 뻔했다. 급하게 담배를 컵홀더에 지져 끄고 수화기를 귀에 가져다 댔다.

"너 왜 이렇게 전화를 안 받아. 어디야?"

성원은 떨리는 목소리로 말했고, 전화 너머에서는 작은 잡음이 들렸다.

"여… 여보세요?"

가늘게 떨어지는 얇은 목소리.

"어, 지원아. 잘 안 들려? 지원아, 말 좀 해봐."

"지원이 형님… 이신가요?"

성원의 머릿속이 순간적으로 하얘졌다. 자세히 생각해 보니 처음부터 들려온 목소리는 분명 지원의 것이 아니었다.

"누구시죠?"

차 안의 소음도, 막혀 있는 도로도, 피어나는 담배 연기도 모두 정지된 듯했다. 전화 너머 목소리가 조심스럽게 이어졌다.

"아, 저는… 지원이 담임선생입니다. 연락을 계속 드리려고 했는데… 번호를 몰라서 말이죠…”

“…지원이 지금 어디 있어요.”

성원의 말투는 이미 날카롭게 흔들렸다. 숨이 잘 쉬어지지 않았다.

“아, 그게…”

“지원이 바꿔주세요. 왜 남의 휴대전화를 갖고 계세요.”

성원의 말이 거칠어졌다. 초조함이 아니라 공포에 가까운 무언가가 가슴 안쪽에서 피어올랐다.

“아, 저… 지원이 형님…”

“아니 지원이 어디 있습니까? 빨리 바꿔주세요.”

“혹시 지금 어디 계십니까? 계신 곳으로 가겠습니다.”

“빨리 바꾸라니까요?”

그때, 전화 너머에서 선생님의 숨소리가 작게 흔들렸다. 그리고 조용히, 그러나 무너져 내리는 소리로 말했다.

“…지원이가 …일주일 전에 죽었습니다.”

성원은 대답할 수 없었다. 입이 열리지 않았다. 숨조차 들이마셔지지 않았다. 핸들을 잡은 손이 갑자기 미친 듯이 떨렸다. 그 떨림을 멈추려는 듯 손에 힘을 강하게 주었고, 그 힘이 그대로 운전대로 밀려갔다.

“…헉.”

짧은 숨이 터져 나왔다. 그는 반사적으로 핸들을 오른쪽으로 강하게 꺾었다. 도로 위에서 차가 비틀리며 끼익 소리를 냈다. 갓길에 거의 걸치다시피 차를 세우고 안전벨트를 제대로 풀지도 못한 채 문을 밀어젖히고 밖으로 뛰어나갔다. 차가 완전히 멈추기도 전에 이미 그는 밖으로 나와 있었다.

성원은 도로변 난간을 붙잡았다. 무릎이 힘을 잃고 바닥에 거의 주저앉듯 내려갔다. 그리고, 몸 안에서 치밀어 오르는 구토를 뱉어냈다.

"우──윽!"

차들의 경적소리와 손에 쥔 휴대전화에서 나는 선생의 목소리가 메아리처럼 들려왔다.

＊＊＊

교무실 옆 작은 상담실.

좁은 방에 어쩐지 찬 기운이 맴돌았다. 성원은 의자 끝에 앉은 채 손가락을 꽉 쥐고 있었다. 곧 문이 열리며 40대 남자로 보이는 지원의 담임 선생님이 작은 박스를 들고 들어왔다. 그는 조용히 박스를 성원의 앞에 내려놓았다. 살짝 떨리는 손이었다.

"수업 때문에 많이 늦었습니다. 이건… 지원이 물건입니다…"

그 말에 성원의 숨이 흔들렸다. 손을 뻗어 박스 안을 천천히 살폈다. 가장 위에는 지원의 명찰. 그 아래엔 잘 개어진 교복.

그리고 맨 아래 하얀색 셔츠는 온통 피가 번져 있었다. 성원은 눈을 강하게 질끈 감았다. 그리고 그 셔츠를 두 손으로 끌어다 자신의 얼굴에 파묻었다. 바로 그 순간, 억눌러있던 무언가가 무너져 터져 나왔다.

"끄… 으…!"

그것은 사람의 울음이라기보다, 목구멍이 찢겨나가는 짐승의 울부짖음에 가까웠다. 옷에 파묻힌 성원의 목소리가 작은 상담실 공간을 흔들었다. 선생님은 아무 말도 하지 않고, 그저 조용히 성원을 바라보았다.

얼마 뒤, 선생님은 조심스럽게 성원 맞은편 의자를 끌어와 앉았다.

"지원이가 밤에 배달 아르바이트를 했답니다."

성원은 여전히 얼굴을 셔츠에 묻은 채 몸을 미세하게 떨었다. 고개를 들 수 없었다.

"눈길에 차랑 오토바이가 서로 못 보고 그만…"

선생님 말에 성원은 셔츠를 무릎 위로 내려두고 눈물과 콧물이 뒤섞인 얼굴을 손등으로 닦았다.

"…장례는… 어떻게 치른 거죠."

선생님은 잠시 고개를 숙였다.

"부모님께 연락 드려보셨나요?"

"네… 받지 않으시더라고요…"

"사실… 경찰에서도 몇 번 연락을 드렸는데 어느 순간부터 전화를 안 받으셨대요. 집에도 찾아갔는데… 그날 방을 빼서 나가셨다고 하더군요. 월세가… 많이 밀려 있었다고 합니다."

"아… 네…"

"장례는… 저와 반 아이들이 치렀습니다."

선생님의 목소리가 작게 떨렸다.

"형님께도 연락드리려고 했는데 번호를 몰랐어요. 지원이 휴대전화는 비밀번호가 걸려 풀지도 못했고… 전화 올 때까지 기다릴 수밖에 없었습니다."

성원이 입술을 깨물며 물었다.

"…어머니 아버지가… 장례식엔… 오시진 않았나요?"

선생님은 말문이 막힌 듯 고래를 돌려 눈을 깜빡였다.

"저…"

성원이 고개를 들고 또렷한 눈빛을 보냈다.

"괜찮습니다. 말씀해주세요."

선생님은 작은 숨을 내쉬고 말했다.

"마지막 날에 들려서 부의금을… 가져가셨다고 하더군요."

"아…"

더 이상 어떤 감정도 붙지 않는, 텅 빈 목소리였다. 둘은 아무 말도 하지 않았다. 시간이 멈춰버린 듯한 정적이 흘렀다. 선생님은 머리를 긁적이며 고개를 숙였고, 성원은 다시 가슴 아래로 눈을 떨어뜨렸다.

한참 뒤, 선생님이 조심스레 말을 이었다.

"지원이는… 여기서 가까운 절 납골당에 안치했습니다. 저희 부모님도 계셔서 제가 자주 들리기도 하는 곳이라… 지원이도… 그게 좋을 것 같아서요. 상의도 없이… 죄송합니다."

성원은 고개를 천천히 들었다. 눈가는 붉게 부어 있었고 말이 잘 붙지 않았지만, 손을 흔들며 말했다.

"아, 아니에요… 제가… 죄송합니다… 그리고 정말, 정말 감사드립니다… 동생을 이렇게까지… 신경 써주셔서…"

한마디 한마디가 깨진 유리 조각을 붙이는 것처럼 힘들게 나왔다. 선생님은 대답 대신 천천히 고개를 끄덕였다. 상담실 안 공기가 다시 한번 굳어졌다. 긴 정적 끝에, 성원이 주머니에서 봉투를 꺼내 선생님의 손에 쥐어 주었다.

"선생님, 여기 장례비용으로 쓰신 돈입니다. 아마 조금 모자랄 수도 있는데 제가 빠른 시일 내에 드리겠습니다."

"아… 아닙니다. 저희가 다 한 마음으로 돈을 모았습니다."

"아닙니다. 제 동생은 마지막 길은 제가 보내주는 게 맞습니다…"

성원이 선생님의 손에 봉투를 억지로 쥐여주었다.

"그럼 이 돈은 학생들에게 돌려주겠습니다."

"…저 그럼 혹시, 지원이를 친 운전자는… 누군지 알고 계시
나요?"

선생님은 잠시 숨을 고르고 말했다.

"아… 자세한 건 모릅니다. 경찰서 교통사고 처리하는 부서에
연락해 보시면 정확한 내용 들으실 수 있을 거예요."

"…네."

성원이 고개를 숙이자 그림자가 무릎 아래까지 길게 늘어졌다.
이야기가 끝난 것처럼 보였지만 선생님은 여전히 무언가를 망설
이는 얼굴이었다.

"저, 그런데…"

성원이 고개를 들었다. 선생님은 여전히 머뭇거리는 모습
이었다.

"제발, 있는 그대로 말씀해주세요."

그 말에 선생님은 더 이상 숨길 곳이 없는 사람처럼 어깨를 조
금 내려놓았다.

"부모님께서…"

말끝을 흐리며 눈을 피했다.

"…운전자한테… 합의를 해주셨다고… 하더라고요."

성원의 시선이 천천히 허공으로 굳었다.

"연락을 하셔도… 뭐 할 수 있는 건… 없을 겁니다."

말은 거기까지였다. 상담실 안에서 또다시 정적이 고여 들었

다. 방금 전까지 울음을 쏟아냈던 성원의 눈가는 이번엔 울음이 아니라 아무 감정도 남아 있지 않은, 말라버린 표정이 되어갔다.

성원은 피 묻은 셔츠를 박스에 다시 넣었다. 그러고는 자리에서 일어났다. 두 손이 박스를 움켜쥔 채 마치 무언가를 마음속 깊은 곳에서 결정한 사람의 움직임이었다.

의자를 밀어 넣는 동작마저 불필요한 망설임도, 흔들림도 없었다. 그는 박스를 들고 상담실 문을 열고 나왔다.

복도로 나온 그는 박스를 안은 채 똑바로 앞만 보고 걸었다. 발소리가 처음엔 일정했다.

'터벅, 터벅—'

하지만 계단이 가까워질수록 발걸음이 조금씩 빨라졌다. 마치 누가 뒤에서 조용히 등을 밀고 있는 것처럼. 계단 앞에 서자 더 이상 걷는 속도가 아니였다. 그의 마음 깊은 곳에서부터 올라오는 찌는 듯한 분노가 그의 걸음에 속도를 높이고 있었다. 박스가 흔들려 안에서 지원의 명찰이 작은 소리로 부딪혔다. 그 소리가 성원의 가슴을 찢어 놓는 것처럼 들렸다. 발걸음은 더 빨라졌고 어떤 목적지를 향해 쫓기듯, 아니 끌리듯 다가가고 있었다.

1층에 다다랐을 때였다. 천장에서 울리는 듯한 큰 목소리가 뒤에서 들려왔다. 처음에는 무엇인가 떨어지는 소리였지만 이는 점점 또렷해졌다.

"지원이 형님!"

성원은 그 자리에 멈춰 섰다. 뒤를 돌아보니 선생님이 계단 난간을 붙잡고 헉헉 숨을 몰아쉬며 뛰어 내려오고 있었다. 손에는 아무것도 들지 않았지만 몸 전체가 급히 달려온 사람의 모습이었다. 선생님은 성원 앞에 거의 쓰러지듯 다다라 두 손으로 무릎을 짚은 채 숨을 몰아쉬며 말했다.

"혹시, 나쁜 생각… 하시는 건 아니죠?"

쏟아지는 숨 사이에서 겨우 삐져나온 문장이었다. 성원은 박스를 더 꽉 끌어안았다. 방금 전까지 빠르게 떨어지던 발걸음이 그 자리에서 붙박이처럼 멈춰 있었다. 선생님은 숨을 몇 번 더 몰아쉰 뒤 조금 진정된 목소리로 조심스럽게 물었다.

"제 이야기 하나만 듣고 가세요."

성원은 대답하지 않았다. 그저 얼굴을 굳힌 채 눈동자만 선생님을 향했다. 선생님은 그 표정을 보고 무엇인가를 확신하듯 한 걸음 더 다가왔다.

"지원이와 진학 상담을 할 때, 형님에 대해서 이야기했던 적이 있어요."

성원은 그 말을 듣고만 있었다.

"지원이는… 어릴 적부터 형이 부모님 같았다고 했어요."

그 말에 성원의 손가락이 조금 떨렸다. 박스를 쥔 손등의 핏줄이 더 도드라졌다.

"형이 제대하고도 바로 일을 해야 했던 게… 자기는 너무 미안했다고 했어요. 그때 처음 부모님이 원망스러웠다고 그랬습니다.”

말끝이 흔들렸지만, 그 흔들림 속에 있는 말은 진실이었음이 분명했다.

“어릴 때… 부모님이 안 계시던 날 너무 배고파서… 형이 가게에서 물건을 훔쳤던 일이 있었다고 하더라고요.”

“지원이가 그 어린 나이에 형을 돕겠다고 나서니까… 형님이 화내셨다면서요.”

선생님은 잠시 숨을 고르고 목소리를 낮춰 말했다.

“지원이는… 그걸 다 알고 있었어요. 형님도 도둑질 같은 거 마음 편히 한 것이 아니란 걸. 그래도 자기는 그런 짓을 안 하게 하려고 형이 일부러 화낸 거라고… 그렇게 말했어요.”

성원은 고개를 들지 못했다. 바닥을 향한 시선이 미세하게 흔들릴 뿐이었다.

“그래서… 지원이는 형님께 늘 미안해했어요. 형님은 누구보다 올바르고 정직한 사람인 걸 알았으니까요.”

“형님이 지원이 때문에 항상 희생해왔던 걸 너무 잘 알고 있었어요.”

선생님은 조심스럽게, 그러나 단호하게 성원의 눈을 마주 보고 다시 입을 뗐다.

“형님이 지원이에게 바라셨던 것처럼… 지원이도… 형님이 본인 때문에 원치 않는 일을 하지 않기를 진심으로 바랐습니다.”

복도에 아침 햇빛이 스며들어 창문 틈으로 잔잔히 쏟아지는데 그 빛이 닿는 곳에서도 성원은 꼼짝하지 못했다. 지원의 명찰이 햇빛을 받아 작게 반짝였다.

"여기까지입니다. 지원이의 마음을 헤아리신다면 옳은 선택을 하시리라 믿습니다."

선생님의 말들이 성원의 어깨 위에 그대로 내려앉는 듯했다. 성원은 잠시 생각을 마치고 천천히 허리를 숙여 인사했다.

"얘기 해주셔서 감사합니다. 지원이 생전에 아껴주신 것도요."

선생님은 그 말에 숨을 잠시 삼키듯 얼굴이 굳어졌다. 그러고는 천천히 허리를 숙여 인사했다.

"아… 아닙니다. 살펴가십시오."

성원은 박스를 꼭 쥐고 뒤를 돌아 밖으로 나섰다. 그는 더 이상 뛰지 않았다. 주차장에 세워둔 차에 다다라 조수석 문을 열고 지원의 유품이 담긴 박스를 조심스럽게 내려놓고는 성원은 운전석 문을 열고 앉았다.

시동은 걸지 않고, 그저 두 손으로 핸들을 잡았다. 부모를 찾아 그들을 향해 분노를 터트리는 일이, 지원이 진정 원하는 것일지 헤아려 지지가 않았다. 그렇지만 확실한 것은, 그의 남은 생에는 지원의 몫도 담겨 있다는 것이었다. 성원은 조수석 쪽으로 손을 뻗어 박스 안에서 종이 한 장을 꺼내 들었다. 지원이 다니던 학교에서 작성해준 작은 메모지였다. 거기엔 납골당 위치가 적혀 있었다. 지원이 너무 보고 싶었다.

차는 천천히, 교문 밖으로 움직였다.

한산한 도로 위를 아무 생각 없이 달리고 있을 때, 익숙한 풍경들이 하나둘 나타났다. 그가 직전까지 일하던 공사현장이 멀리서 회색 덩어리처럼 보였다. 그 옆을 지나치며 창밖으로 스친 바람 사이에 진우의 얼굴이 떠올랐다.

그럼에도 차는 계속 달렸다. 2주 전 참고인 진술을 했던 경찰서가 유리창 너머로 빠르게 스쳐 지나갔다.

그때였다.

'쿵—!'

잠깐 딴생각을 한 사이 방지턱을 보지 못해 차가 이를 밟고 강하게 튀었다. 차 안이 크게 흔들렸고 조수석의 박스가 들썩이면서 안에 있던 지원의 명찰이 컵홀더 쪽으로 떨어졌다.

빨간불에 차가 멈추자 성원은 급히 손을 뻗어 명찰을 주우려 했다. 하지만 손끝에 잡힌 것은 구겨진 낯선 종이 한 장이었다.

"이게 뭐지?"

그 구겨진 종이를 손끝으로 펴보니 다름 아닌 형사의 명함이었다. 그 순간, 성원의 등줄기가 싸늘해졌다. 지원이를 만나기 전에 먼저 바로잡아야 할 것이 있었다. 그 생각은 누가 들려준 말처럼 머릿속에서 울렸다. 아니, 정확히는 마치 지원이 바로 옆에서 속삭이는 것 같았다.

성원은 숨을 크게 들이키고 이미 지나친 경찰서를 다시 향하기로 했다. 좌측에 차가 있어 유턴하기 힘들어 보였지만 그는 신경쓰지 않았다. 횡단보도는 아직 빨간불이고 길 위엔 사람도 없겠다. 성원은 횡단보도를 침범해서 크게 핸들을 왼쪽으로 꺾어 차를 돌렸다. 타이어가 바닥을 긁으며 굵은 선을 그렸다.

그 순간이었다. 바로 앞에서 누군가가 뛰어오는 모습이 눈에 들어왔다.

"아!"

성원은 브레이크를 급하게 밟았다.

'끼―이이이익…'

타이어가 비명을 질렀다. 사람과 부딪히지는 않았지만, 그녀는 놀라 뒤로 넘어졌고 두 손으로 땅을 짚으며 몸을 일으키려 했다.

3초, 딱 3초 동안 그 사람을 바라봤다. 하지만 곧 마치 아무 일도 없었다는 듯 다시 핸들을 잡았다. 지금 당장은 이 사람을 걱정할 여유가 없었다.

지원이 기다리고 있었다.

성원이 꼬아버린 매듭을 스스로 풀어내야만 했다. 차는 다시 앞으로 움직였고 성원은 경찰서 쪽으로 속도를 올리기 시작했다.

도로 위에 넘어진 여자의 희미한 실루엣이 백미러에 작게 남아 흔들렸다.

성원은 그것을 다시 보지 않았다.

모리스 라벨

＊＊＊

전날 눈이 정말 많이 내렸다. 온 세상을 뒤엎을 것처럼 펑펑. 새벽 내내 발자국이 생겨났고, 그 위로 눈이 차곡히 덮였다. 아침까지도 다른 발자국들이 이어졌지만, 내린 눈이 다시 그것들을 하얗게 덮어버린 듯했다.

해리가 이른 새벽, 현관문을 열고 집에 돌아왔다. 팔에는 택배 상자 몇 개가 끼어 있었고, 반대쪽 손에는 생필품이 담긴 비닐봉지가 들려있었다. 너덜너덜한 운동화를 하나씩 벗을 때마다 중심이 흔들려 비닐이 요란하게 바스락거렸다. 그 요란한 소리가 어색하게 집안의 고요를 흔들었다.

주방을 지나 침실에 들어오며 바닥에 과자봉지를 밟았다. 또

요란한 소리, 그 소리는 여섯 살 지현이의 잠을 깨우기에는 충분했다. 분홍색 내복 차림의 아이가 눈을 뜨고 그 주변을 비비며 일어난 듯했다.

"조금 더 자, 아직 여섯 시야."

해리가 손끝으로 지현의 머리카락을 쓸어내리며 말했다.

"엄마 보고 싶었어."

잠결에 나온 말은 기어들어 가는 숨처럼 작았다. 해리는 미안한 듯 잠시 지현이를 바라보았다. 이내 그녀의 배를 몇 번 토닥였다. 곧 지현의 숨소리가 일정해졌다. 방 안에는 다시 새근거리는 숨결만이 남았다. 해리는 그제야 집 안을 돌아보았다. 방 안에는 이사 온 지 얼마 되지 않아 아직 풀지 못한 짐과 바닥에는 다 먹은 과자봉지, 부스러기가 붙은 태블릿, 만화책 몇 권이 널브러져 있었다. 작은 집이었지만, 어질러진 데에는 나름의 이유가 있는 듯했다.

그녀는 조용히 한숨을 내쉬고, 주변 정리를 시작했다. 허리를 굽혀 큰 쓰레기를 손으로 집어 들고 쓰레기통에 넣었다. 청소기를 꺼냈다가 아이를 바라보곤 다시 제자리에 두었다. 대신 빗자루와 쓰레받기를 들었다. 바닥을 쓸 때마다 작은 부스러기들이 모여 작은 산처럼 쌓였다.

해리는 이혼한 지 3년이 된 싱글맘이었다.

피아노를 전공했지만, 졸업하던 해 가고 싶었던 유학 대신 선을 봤다. 보수적이었던 부모의 성화를 이기지 못했다. 석 달 만에 결혼식을 올렸고, 그날 이후 남편이 살던 집으로 들어갔다.

결혼 초반에는 다른 부부들처럼 사소한 다툼과 화해하는 과정이 몇 번 있었다. 하지만 몇 번의 다툼이 지나자 남편은 해리를 마치 투명인간처럼 대했다. 처음엔 시부모와 시누이가 그들 사이를 중재하려는 듯했지만, 곧 그들마저 해리를 업신여기기 시작했다. 해리에게는 갓난아기였던 지현이밖에 없었다. 모두가 적처럼 느껴졌다.

그 적진 한가운데서, 해리는 서서히 지쳐갔다. 처음에는 지현이를 위해 버텼지만, 나중에는 지현이를 위해 이혼을 결심했다. 그렇게 3년, 세 번째 결혼기념일 일주일 전에 해리는 결혼생활의 마침표를 찍고, 각자 혼자가 되었다. 정확히 말하자면, 해리는 혼자가 되지 않았다. 세상에서 가장 사랑하는 딸 지현이가 있었기에, 남편은 이혼 후 더 형편없는 사람이 되었다. 한 달에 한 번씩 몇 달은 지현이를 보러 오곤 했지만, 어느 날부터인가 발걸음이 끊겼다. 나중에야 들은 이야기로는, 그 무렵 그가 재혼했다고 들었다.

이혼 후 달라진 것은 몇 가지뿐이었다. 무엇보다 돈을 벌어야 했다. 사회에 자리를 잡기도 전에 결혼했던 터라, 해리를 받아줄 만한 직장은 많지 않았다.

낮에는 동네 피아노 학원에서 강사로 일했고, 새벽에는 편의점 아르바이트를 했다. '이혼한 딸은 보지 않겠다'며 등을 돌린 아버지 때문에 부모와의 연락도 끊겼다.

돈 문제로, 태어나고 자랐던 서울을 떠나 경기도 외곽의 작은 아파트로 이사했다. 몸은 항상 천근만근이었고, 마음의 여유는 자주 메말라 있었다. 그럼에도 해리는 이혼을 후회하지 않았다.

빗자루와 쓰레받기를 한쪽에 내려놓고 해리는 주방으로 향했다. 냉장고에서 양파와 된장을 꺼내 도마 위에 올려두었다. 비닐봉지를 조심스레 열어 두부를 꺼내고, 포장을 뜯어 물을 따라냈다.

잠시 후, 집 안에 밥 짓는 냄새가 퍼지기 시작했다. 거실 유리창에 습기가 차며 물방울이 바닥으로 떨어졌다.

밥솥에서 김이 새어 나오자, 지현이의 이불 쪽에서 바스락거리는 소리가 들렸다. 해리는 조용히 그녀에게 다가가 침대 발치에 걸터앉았다.

"이제 일어나. 밥 먹을 시간이야."

지현이는 몸을 일으키지 않은 채 눈만 뜨고 중얼거렸다.

"조금 더 자면 안 돼?"

해리는 터져 나오는 웃음을 억지로 참으며 근엄한 표정으로 고개를 저었다.

“얼른 일어나서 씻고 와, 엄마 마저 밥 준비해야 돼.”

지현은 이불을 움켜쥔 채 잠시 더 누워 있다가 천천히 몸을 일으켰다. 해리는 그런 아이를 잠깐 바라보다가 조용히 부엌으로 향했다. 마무리하지 못했던 음식들을 마무리했다. 찌개는 불을 끄고 국자로 퍼 그릇에 담고, 냉장고에서 반찬통을 꺼내 작은 접시로 각각 옮겼다. 그러고는 물 한 컵을 따라서 상 위에 올려두었다. 상을 들고 침실로 옮겨 내려놓고 지현이를 기다리는데, 피곤이 밀려오기 시작했다. 하품이 터져 나오려 하자, 해리는 입술을 살짝 눌러 속으로 삼켰다.

“엄마, 졸려?”

씻고 나온 지현이가 밥상 앞에 앉으며 물었다.

“아니. 엄마 안 졸려.”

해리가 애써 웃으며 대답 후에 자리에 앉아 지현이를 바라보고 물었다.

“어제 뭐 했어?”

“어제는 TV 보다가 잤지.”

“아니, 어린이집에서.”

“어린이집에서? 그림 그렸다고 했잖아.”

“맞아. 그랬지.”

잠시 정적이 흘렀다. 지현은 말없이 밥을 먹기 시작했고, 해리는 반찬을 젓가락으로 집어 아이의 밥 위에 조심스레 올려주었다.

"지현이 내일 하고 싶은 거 없어?"

"음… 없어."

"엄마한테 말해봐. 엄마가 다― 해줄게."

"음…"

"말해봐 어서."

"이서 엄마는 집에서 피자도 만든대."

"엄마가 내일 준비해 놓을까?"

"흐, 좋아."

해리는 그런 지현이의 모습을 보고 애써 웃음을 참으며 머리를 쓰다듬었다.

식사가 끝나고 해리는 덜 마른 지현의 머리를 말려주었다. 집 안 가득 퍼졌던 음식 냄새를 덮을 만큼, 샴푸 냄새가 은은히 번졌다. 해리는 지현에게 내복을 입히고, 그 위에 하얀색 긴 팔 티셔츠와 멜빵바지를 입혔다. 양말을 꺼내 건네자 지현은 그것을 받아 스스로 신기 시작했다.

그때 해리의 눈에 지현이의 옷소매 끝에 묻은 까만 얼룩이 눈에 들어왔다.

"지현아, 소매에 더러운 거 묻었어. 다른 거 입자."

해리는 옷장을 열어 새로운 옷을 찾았지만 남은 옷이 없었다. 빨래 바구니를 슬쩍 보니, 며칠째 쌓여있던 옷들이 한가득이었다.

“이렇게 하면 돼.”

기다리던 지현이 소매를 안쪽으로 접어 넣었다. 해리가 아무 말 없이 바라보자, 지현은 반대쪽도 접어 같은 모양을 만들었다. 그러고는 해리를 향해 배시시 웃었다.

“우리 딸, 똑똑한데?”

해리는 웃으며 지현이의 이마에 입맞춤했다.

지현은 작은 일에도 잘 웃는 아이였다. 해리는 그 웃음을 보며 잠시 멈칫했다. 함께 있지 못한 시간들, 온전히 신경 써주지 못한 순간들이 가슴 한쪽에서 조용히 뭉쳐 아려왔다.

두꺼운 점퍼와 털모자를 씌우고, 해리는 지현의 어깨에 가방을 매줬다.

“오늘은 엄마가 차 탈 때 같이 가줄게.”

“엄마 졸리잖아.”

“그래도 오늘은 엄마가 같이 가줄게.”

그때 침실 쪽에서 작은 진동 소리가 들려왔다.

“전화 왔나 보다. 엄마, 전화만 받고 올게. 조금만 기다려.”

해리는 침실로 가서 휴대전화를 들었다.

부재중 전화 두 통이 이미 와있었다. 이름을 보니 모두 편의점 점장이었다. 잠시 망설이다가 통화 버튼을 눌렀다.

“여보세요.”

“네, 여보세요.”

경상도 억양의 느리고 축 처진 남자의 목소리.

"해리 씨 맞죠?"

"네, 맞아요. 무슨 일이세요?"

"매번 듣는 노래지만 통화연결음이 참 좋네요."

"아, 네…"

"누구 노래라고 했었죠?"

"모리스… 라벨이라는 작곡가예요."

"아, 맞다. 그랬지요."

점장이 말끝을 길게 끌었다.

"혹시… 무슨 일이실까요?"

"아, 그게 말이죠. 어제 CCTV를 돌려봤거든요."

해리는 아무 말 없이 들었다. 잠시 정적이 흘렀다.

"그… 해리 씨 근무하는 새벽에 청소도 하고, 재고 채워놓기도 하는 건데. 어제 보니 카운터에서 엎드려 잠만 주무시는 거 같더라구요."

"제가 어제 너무 피곤해서… 그런 것 같아요. 청소는 했는데, 재고는 깜빡해서 교대할 때 인규 씨한테 부탁드렸어요."

"아, 뭐 그래요. 그럴 수 있죠."

"죄송합니다."

"아니, 제가 죄송하단 소리 들으려는 게 아니고요. 그보다도, 저번에 말씀드렸던 그 일 있잖아요…"

‘띵—동’

초인종이 울려 점장의 말을 끝까지 듣지 못했다.

“잠시만요.”

해리는 수화기 부분을 손으로 가리고 현관으로 갔다. 문을 열자 지현이 반 친구 이서와 그의 엄마가 서 있었다. 자주 해리를 대신해 지현이 등원을 도와주던 이웃이었다.

“이서 엄마, 고마워요.”

해리는 속삭이듯 말하고, 지현이에게는 입 모양으로 ‘미안해’라고 말하고는 머리를 한 번 쓰다듬었다. 지현이는 그런 해리를 바라보고 ‘괜찮아’라고 속삭였다. 그러고는 이서 엄마의 손을 잡고 계단을 내려갔다. 문이 닫히고 도어락이 잠기는 소리가 났다. 해리는 다시 휴대전화를 들어 귀에 댔다.

“죄송합니다. 아이 등원시키고 있어서요.”

“아, 예.”

“어디까지 이야기했었죠?”

“저번에 말씀드렸던 그 일 있지 않습니까.”

해리의 얼굴이 순간 일그러졌다. 점장의 다음 말이 이어지기 전에 먼저 말을 꺼냈다.

“점장님, 그때도 말씀드렸지만 저는 학원에서만 학생들 피아노를 가르칩니다. 개인 레슨은 하지 않아요.”

해리의 목소리는 단호했다.

“야간 일을 제대로 못 하시니까 제가 걱정돼서 일거리라도 드리려는 거 아닙니까. 원래 새벽 근무에는 여자 안 씁니다.”

점장의 목소리가 높아졌다. 격양된 그의 말 중간중간에 헛기침이 섞여 있었다.

“제가 편의점 일에 더 신경을 쓰겠습니다. 죄송합니다.”

해리는 대답을 기다리지 않고 전화를 끊어버렸다.

“하…”

해리는 그 자리에 쪼그려 앉아 마른세수를 하며 한숨을 내쉬었다.

“맞다. 지현이.”

문득 지현이가 아직 가지 않았을지도 모른다는 생각이 들었다. 그렇다면 멀리서라도 인사를 하고 싶었다.

해리는 곧장 베란다로 달려가 창문을 열었다. 그러나 이미 어린이집 버스가 정문을 빠져나가는 것이 보였다.

“잘 다녀와.”

해리는 버스의 뒷모습을 바라보며 나지막이 속삭였다.

창문을 닫고 침실로 돌아오자, 지현과 함께 먹었던 아침상이 그대로 놓여 있었다. 그녀는 조용히 상을 치우기 시작했다. 남은 반찬을 모으고, 그릇들을 전부 챙겨 설거지했다. 그러고는 밀린 빨래를 세탁기에 넣었다.

집안일을 마치고 시계를 보니 벌써 아홉 시였다.

피아노 학원 출근은 오후 두 시. 잘 수 있는 시간은 4시간 남짓이었다. 해리는 가볍게 옷을 갈아입고. 곧장 지현이 침대 바로 밑에 요를 깔고 누웠다.

피곤함이 다리에서부터 차오르더니 곧 머리까지 가득 번졌다. 이내 천천히 눈을 감았다.

잠이 든 줄도 몰랐다. 다시 눈을 떴을 때는 알람이 울리고 있었다. 휴대전화 화면에 '13:00'라는 숫자가 희미하게 깜빡였다.

해리는 천천히 몸을 일으키자, 눈앞이 잠시 흐릿해졌다. 방 안에는 낮에 공기, 아직 남아 있는 음식 냄새와 세탁 세제 냄새가 섞여 있었다.

해리는 곧장 나갈 채비를 시작했다. 학원 출근시간이 코앞으로 다가왔다.

피아노 학원은 평소엔 나이 불문하고 학생들을 가르쳤지만, 입시 시즌인 겨울이 되면 음대를 준비하는 아이들만 남겨 수업을 진행했다. 해리의 음대 수석 입학 이력이 구직에 큰 몫을 했다. 비록 출근했다가 지현의 하원 시간에 맞춰 집에 다녀와야 했지만, 레슨 일정만 잘 조율하면 탄력적으로 그녀가 원하는 시간에 근무할 수 있다는 게 장점이었다. 결정적으로 해리에게 가장 소중한 고정적인 일거리였다.

해리는 너덜너덜한 운동화를 한쪽으로 밀어두고, 신발장에서 검은색 단화를 꺼내 신었다. 가방을 어깨에 걸고 현관을 나섰다.

밖은 아침과 다르지 않게 여전히 추웠다. 눈이 녹아 복도 바닥은 축축하게 젖어 있었다. 해리는 단화 안으로 물이 스며들지 않게 조심스레 걸음을 옮겼다.

엘리베이터를 타고 지하주차장으로 내려가자 차가운 공기가 한 번 더 몸을 감쌌다.

주차된 그녀의 차 앞에 하얀색 모닝 한 대가 막고 서 있었다. 눈이 올 때 운전했던 걸까. 차 위에는 하얀 눈이 수북이 쌓여있었다. 해리는 혹시나 하는 마음으로 그 차를 살짝 밀어보았다. 불행하게도 차가 꿈쩍도 하지 않았다. 흔히 있는 일이었다. 해리는 주차된 차 앞 유리에 쌓인 눈을 손바닥으로 살짝 걷어냈다. 그녀는 차 안에 적혀 있는 휴대전화 번호를 보고 전화를 걸었다.

통화 연결음이 몇 번 울렸다. 그러나 전화를 받지 않았다. 몇 초간 더 기다리다 통화가 끊겼다. 해리는 화면을 내려다보다가 입김을 내쉬며 작게 한숨을 쉬었다.

그러고는 곧장 관리사무소로 전화를 걸었다.

연결음이 짧게 울리고, 직원의 목소리가 들렸다.

"네, 관리사무소입니다."

"지금 차를 빼야 하는데, 이중주차가 되어 있어서요."

"혹시 차량 번호 불러주시겠어요?"

"네, 313루 3963 모닝이에요."

"3963이요… 제가 차주에게 전화를 해볼게요. 잠시만요."

수화기 너머로 다이얼을 누르는 소리가 작게 들렸다. 잠시 정적이 흘렀다.

"음… 전화는 안 받으시네요."

직원의 목소리가 낮게 들렸다.

"이분 혼자 사시는 분이라 집에는 계실 거예요. 제가 지금 한번 올라가서 확인해 보겠습니다."

"제가 조금 급해서 그런데… 혹시 얼마나 걸릴까요?"

"5분 정도요. 5분이면 됩니다."

"아, 네. 알겠습니다."

통화를 끊은 뒤, 해리는 천천히 숨을 내쉬었다. 차 주위의 공기가 한층 더 차가워진 듯했다. 해리는 휴대전화를 확인했다. 버스를 타면 제시간에 학원에 도착할 수 있을지 계산해 보았다. 택시를 부를까 잠시 고민했지만, 요금을 보고는 곧 마음을 접었다. 혹시라도 차를 빼지 못하면 어쩔 수 없겠지만, 조금 기다려보기로 했다.

시간은 빠르게 흘렀다. 5분쯤 지났을 때, 모르는 번호로 전화가 걸려왔다. 관리사무소 직원이었다.

"아, 죄송합니다… 차주가 부재중인 것 같아요."

"아, 네, 어쩔 수 없죠."

해리는 짧게 대답했다. 통화가 끊어지고, 휴대전화 화면이 꺼지자 어둠 속에 자신의 얼굴이 희미하게 비쳤다. 해리는 잠시 그

화면을 바라보다가 곧 점퍼의 지퍼를 목 끝까지 올리고, 몸을 돌려 달리기 시작했다. 단화 굽이 주차장 바닥에 닿을 때마다 복도에서 또각, 또각 소리가 울렸다. 지상으로 올라오자 얼어붙은 공기가 뺨을 스쳤다. 아파트 정문을 지나 큰길로 나서니 가까운 택시 정류장 쪽으로 택시들이 줄지어 서 있었다.

＊

해리는 아주 어릴 적부터 피아노를 쳤다.

언제가 시작이었는지조차 기억나지 않을 만큼 오래전부터였다. 피아노는 그녀의 인생 대부분을 차지했다.

그녀의 스승은 엄했다. 그가 원하는 소리가 나오지 않거나 해리가 피아노에 집중하지 못할 때면 종아리를 매로 때렸다. 부모보다 스승의 손에 더 많이 맞았을 것이다.

해리는 스승의 가르침이 끝나는 그날까지 그가 듣고자 하는 소리와 자신이 내는 소리가 무엇이 그렇게 다른지 이해하지 못했다.

레슨실 안에서 피아노 소리가 들려왔다. 에튀드였다. 학생의 손끝에서 음들이 빠르게 튀어나왔다. 건반 위를 오르내리는 손가락이 악보보다 조금 빠르게 그리고 불안하게 움직였다. 급기야 음 하나가 날카롭게 튀었다.

"그만. 그만."

해리가 손을 절레절레 저었다. 학생은 피아노 위에서 멈춘 손을 천천히 모았다. 고개를 숙인 채 숨을 죽였다.

"소진아, 너 왜 그렇게 쳐?"

대답이 없었다.

"왜 그렇게 치냐니까. 페달은 또 왜 그렇게 더럽게 밟아."

"그게…"

소진이 조심스레 입을 열었다.

"지금 문제가 한두 개가 아니야."

해리가 말을 끊으며 들고 있던 노트를 덮었다.

"한 달 남았어, 어떻게 하려고 그래."

그녀는 잠시 숨을 고르고 소진을 똑바로 바라봤다.

"네가 하겠다고 해서 준비한 거잖아. 왜 집중을 못 해. 생각하면서 치라고, 내가 몇 번이나 말했어."

짧은 침묵이 흘렀다.

옆 레슨실에서 울리는 피아노 소리와 그 미세한 진동이 희미하게 떠 있었다. 이내 소진의 어깨가 미세하게 떨리더니 눈물이 떨어졌다. 해리는 아무 말 없이 그 모습을 바라보다가 조용히 시선을 내려 노트에 무엇인가를 적었다.

"이렇게 실기를 볼 바에 그냥 안 하는 게 맞아."

해리가 천천히 말을 이었다.

"나가고, 지수 들어오라고 해."

소진은 고개를 숙인 채 천천히 자리에서 일어났다. 그 모습을 바라보다 해리가 먼저 레슨실을 나섰다. 컵을 들고 정수기 앞에 섰다. 버튼을 누르자 뜨거운 물이 쪼르르 흘러내렸다.

"하…"

해리는 짧게 한숨을 내쉬었다.

분명히 저번 주만 하더라도 완성이 되어 있다고 생각했었는데, 오히려 실기 시험을 앞두고 흐트러지고 있다는 생각이 들어 조금 강하게 이야기한 것 같았다.

"선생님."

누군가 속삭이는 소리가 들렸다. 원장이었다.

원장실 문이 반쯤 열려 있고, 손짓하며 해리를 부르고 있었다. 해리가 주위를 살피고 원장실로 들어가 문을 닫았다.

"네, 원장님."

원장은 잠시 밖을 살피다가 들어온 해리를 문 앞 의자에 앉혔다.

"소진이 괜찮아요?"

"아, 네… 잘해요."

"근데 표정이 조금 안 좋아 보이세요."

“아… 소진이가 평소보다 집중을 못 하는 것 같아서…”

“음…”

“실기 앞두고, 자꾸 집중을 못 하네요.”

원장이 잠시 뜸을 들이다가 조심스레 말을 이어갔다.

“소진이 부모님이 최근에 이혼했다고 해요.”

“아…”

“소진이 어머니가 소진이 입시 끝날 때까지만이라도 기다려 달라고 했는데, 그게 잘 안됐나 봐요.”

“아, 그건 몰랐네요.”

“애가 얼마나 스트레스 받았겠어요.”

해리가 고개를 돌려 밖을 보자, 소진이 학원 밖으로 걸어 나가고 있었다. 해리는 잠시 그 뒷모습을 바라보다가 천천히 원장을 바라보고 말을 이어갔다.

“그래서 집중을 못 했군요…”

“선생님, 실력 좋은 거 너무 잘 아는데. 소진이 가르치는 데 도움이 될까 하고 말씀드리는 거예요.”

원장은 손가락을 치켜세우며 말했다.

“네… 알겠습니다.”

해리는 그 말을 끝으로 원장실을 나왔다.

레슨실에서는 지수의 피아노 소리가 들려오고 있었다. 해리는 소진의 대해 생각할 겨를도 없이 레슨실로 들어갔다. 지수의 피아노 소리에 집중하려 했지만, 귀에 잘 들어오지 않았다. 해리는 건반 위를 오르내리는 지수의 손끝만 멍하니 바라봤다.

머릿속은 온통 소진 생각뿐이었다. 늘 밝던 아이였다. 최근 들어 표정이 어두워지고, 그녀의 피아노 연주에 묘한 균형이 무너진 느낌. 단순히 시험을 앞두고 흐트러진 것이라고 하기엔 과했다.

"선생님, 다 쳤어요."

지수의 목소리가 해리를 그 생각 속에서 끄집어냈다.

"어, 그래? 한 번만 다시 들어볼까."

지수가 다시 연주를 시작했다.

하지만 해리는 여전히 그 소리에 집중할 수 없었다.

"그만, 그만."

해리가 손을 들어 지수를 멈췄다.

"조금 연습하고 있어. 나 잠깐 밖에 좀 다녀올게."

해리는 문을 열고 나왔다. 다른 연습실 문틈을 들여다봤지만, 소진이 어디에도 보이지 않았다. 불안이 밀려왔다. 해리는 급히 학원 밖으로 나섰다. 쌓인 눈 때문에 이상하리만큼 밝았다. 학원 1층 상가에 있는 편의점에도 가보고, 소진이 자주 간다는 카페에도 들렀지만 어디에도 없었다.

휴대전화를 꺼내 전화를 걸었지만, 신호만 가고 받지 않았다. 별일 없을 거라는 걸 당연하게도 알고 있었지만 묘하게 마음은 점점 불안해졌다. 걸음이 빨라지다, 어느새 뛰고 있었다.

불편한 단화 굽이 인도 블록을 때릴 때마다 딱딱한 소리가 흩어졌다. 그때 건너편에서 소진이 보였다. 해리는 파란불이 켜지자마자 그쪽으로 뛰기 시작했다.

그때 무엇인가가 해리의 시야에 들어왔다. 검은 세단이 직진 차로에서 횡단보도를 끼고 크게 돌아 유턴을 한 것이었다.

'끼—이이이익…'

타이어가 아스팔트에 갈리는 소리가 들렸다. 부딪힐 만한 거리는 아니었지만, 놀라 뒤로 물러서다 그 자리에서 넘어졌다. 왼쪽 발목이 시리게 아파왔다. 넘어질 때 꺾인 듯했다.

그녀는 숨을 몰아쉬며 겨우 일어섰다.

유턴한 검은 세단은 잠시 정차했지만, 이내 아무 일 없었다는 듯이 차를 완전히 돌려 해리의 시야에서 사라져갔다.

그 순간, 건너편에서 소진이 달려왔다.

"선생님! 괜찮으세요?"

"어, 괜찮아. 일단 인도로 가자."

해리가 소진의 부축을 받으며 발걸음을 뗐다.

둘은 가까운 공원으로 걸어가 벤치에 나란히 앉았다. 해리는 편의점에서 캔 음료 두 개를 사 와 그중 하나를 소진에게 건넸다.

"잘 마시겠습니다."

소진이 고개를 숙였다. 해리는 대답하지 않고 자신의 음료 캔을 따서 한 모금 마셨다.

"다리는 괜찮으세요?"

"괜찮아. 살짝 삔 것 같아."

해리는 아무렇지 않게 말했지만, 왼쪽 발목이 부어오르고 있는 것을 느꼈다. 앉은 채로 살짝만 힘을 주어도 통증이 올라왔다. 해리와 소진은 말없이 음료만 홀짝거렸다.

공원에는 겨울바람이 불었고, 멀리서 아이들이 웃는 소리가 희미하게 들려왔다.

"요즘 학교도 거의 안 나가잖아요."

소진이 먼저 입을 뗐다.

"학원에서 연습만 하는데, 하면 할수록 점점 더 못하는 것 같아요. 어제는 원장선생님도 들어가서 쉬라고 하셨어요."

해리는 대답하지 않았다. 대신 캔 음료를 들어 한 모금 더 마셨다.

"근데 또 집에 들어가긴 싫어서 계속 학원에 있었어요. 할 게 없으니까 계속 연습하게 되고, 그러다 보니까 점점 더 못해지는 것 같아요."

"왜 집에 가기 싫은데?"

해리가 소진을 바라보며 물었다.

"그냥… 집에 가면 할 게 딱히 없어요. 자는 것밖에…"

"그럼 친구들이랑 놀면 되잖아."

"애들은 다 수능 끝나고 놀아요. 저만 실기 앞두고 있어서 같이 있으면 어색해요."

잠시 정적이 흘렀다.

공원 정자 지붕 위에 어제 내린 눈이 녹아내리며 후두둑 떨어졌다. 해리가 그 소리를 들으며 조용히 말을 꺼냈다.

"너 지금 잘하고 있어."

"네?"

소진이 놀란 듯 해리를 바라봤다.

"안 될 것 같은 애들한텐 그런 말도 안 해. 아니, 못해. 조금만 더 하면 될 것 같으니까 계속 채찍질하게 되는 거야."

해리는 잠시 숨을 고르고 말을 이었다.

"그렇다 하더라도, 안 하는 게 맞다느니 그런 소리는 실언이야. 미안해."

그녀는 양손을 모으고 소진을 향해 살짝 고개 숙였다. 그 모습을 보고 소진은 손사래를 쳤다.

"아니에요, 선생님. 저는 괜찮아요."

그러나 해리는 단호한 표정으로 말을 이어갔다.

"미안한 건 미안한 거야."

"어릴 때 선생님, 교수님들은 왜 저렇게 말하지 그랬는데, 나도 똑같이 하고 있네."

그 말을 듣고 소진은 말없이 환하게 웃었다.

그 웃음은 마치 지현의 웃는 모습을 떠올리게 했다. 해리가 벤치에서 일어섰다. 겨울바람이 불어와 단화 끝이 살짝 흔들렸다.

해리는 웃는 소진을 한참을 바라보다가 말을 꺼냈다.

"세상 모든 일이 다 이유가 있는 건 아니야."

"네?"

"이유 없는 시련이 있다면, 네 잘못이 아니라는 걸 기억해."

멍하니 서 있던 해리를 향해 소진이 무언가 말하려다가, 이내 멈추고 고개를 푹 숙였다.

둘 사이에 잠시 정적이 생겼다.

"난 먼저 들어가야겠다."

해리는 천천히 발걸음을 돌렸다. 공원을 나와 걷는 해리의 뒷모습을 소진이 말없이 지켜보고 있었다.

조금 전 접질렸던 왼쪽 발이 다시 욱신거리기 시작했다. 걸을 때마다 신발 안에서 통증이 시리게 번졌다. 해리는 뒤돌아보지 않았다. 소진의 시야에서 사라지기 전까지는 절뚝거림이 들키지 않게 온몸에 힘을 주어 걸었다.

학원에 들어서자, 원장이 해리를 기다리고 있었다.

"소진이 조금 달래줬어요."

해리가 먼저 말했다. 원장은 눈썹을 살짝 치켜올리더니 말없이 고개를 끄덕였다.

해리는 지수에게 짧게 사과한 뒤 다시 수업에 집중하기 시작했다. 지수와의 레슨을 끝내고, 다음 학생이 들어왔다.

그 뒤로도 아이들이 계속 바뀌어 들어왔고, 해리는 지적도 했다가, 화도 냈다가, 칭찬도 했다.

시간이 평소보다 더 빠르게 흘렀다.

시계를 보니 지현의 하원 시간이 다가오고 있었다. 소진을 찾느라 밖에서 보낸 시간만큼 수업 진도가 밀려 있었다. 레슨실 문 너머 복도에는 다섯 명쯤의 학생이 줄을 서 있었다.

해리는 인상을 찌푸리고 콧등에 손을 얹었다. 조금씩 초조함이 밀려왔다.

"고생했어. 나가보고, 영민이 들어오라고 해."

해리가 무심하게 말하고 학생보다 먼저 일어나 레슨실 밖을 나섰다. 이내 학원 밖으로 나온 해리는 휴대전화를 꺼내 번호를 눌렀다. 신호음이 몇 번 울리고 곧 전화가 연결됐다.

"이서 엄마, 나 지현이 엄마인데요…"

해리는 작은 목소리로 말을 꺼냈다.

"지현이 좀… 삼십 분… 아니 한 시간만 집에 데리고 있어 줄 수 있을까요? 수업이 아직 안 끝나서… 너무 미안해요."

해리는 두 손으로 휴대전화를 쥐고 허리를 굽신거렸다.

"어, 그래요, 고마워요. 최대한 빨리 갈게요 미안해요."

전화를 끊은 뒤, 해리는 복도 벽에 살짝 기대섰다. 왼쪽 발목에 저릿한 통증 때문이었다. 그녀는 깊게 숨을 들이마시고, 작게 중얼거렸다.

“하… 진이 빠지네.”

그 작은 중얼거림이 복도에 스며들기도 전에, 해리는 다시 학원 안으로 들어갔다. 레슨실 앞에는 여전히 많은 학생이 그녀를 기다리고 있었다.

수업은 계속 이어졌다. 그녀가 말한 대로, 정말 진이 빠지는 날이었다. 아침부터 씻기지 않은 피로가 온몸에 남아 있어 학생들의 연주 소리가 귀에 잘 들어오지 않았다. 억지로 집중하려 해도 자꾸만 생각이 흩어졌다.

엄마를 기다리던 지현의 얼굴, 그녀의 더러워진 옷소매, 점장의 추근거림 그 모든 게 마음 한구석을 불편하게 했다

그럼에도 정신을 붙들었다.

귀를 열고, 눈을 뜨고, 쉴 새 없이 메모하며 학생들에게 피드백했다. 그녀도 알고 있었다. 지금 이 시간이 아이들에게 얼마나 중요한 순간인지. 그래서 스스로를 다그칠 수밖에 없었다. 한 음이라도 더 듣고, 한 마디라도 더 해주는 게 학생을 위한 길이었다.

“계속 같은 데서 틀리고 있어. 집중해.”

“생각하면서 쳐야지, 생각하면서.”

“곡을 맘대로 바꾸지 말고 악보를 봐.”

“다시 해봐. 다시.”

레슨은 끊임없이 이어졌다. 지쳐 보이는 학생은 잠시 밖으로 내보내 쉬게 하고, 기다리던 학생을 앉혀 연주를 들었다. 그 학생

이 지치면 내보내 쉬게 하고 계속 반복되었다.

피드백을 하고, 다시 듣고, 다시 피드백을 했다.

선율 사이로 자신의 목소리를 밀어 넣다 보니 말은 점점 빨라지고, 목소리는 더 커졌다. 그렇게 한순간도 쉬지 못하고 두 시간이 지나갔다. 학생들을 모두 내보낸 뒤, 해리는 휴대전화를 꺼내 시계를 보았다.

이서 엄마에게 부탁했던 시간이 거의 다 되어 있었다. 그래서인지 부재중 전화가 여러 통 와 있었다.

이서 엄마였다. 해리는 휴대폰을 들고 전화를 걸며 자리에서 일어났다. 발목이 아까보다 훨씬 더 부었음이 느껴졌다. 가방을 메고 뒤에 걸린 옷들을 하나둘 걸치면서 전화 신호음을 듣는데 연결이 되지 않았다.

'연결이 되지 않아 소리샘으로…'

해리는 잠시 휴대전화를 주머니에 넣고 원장실 앞으로 다가가 노크했다.

"네."

짧은 목소리가 들리자 해리가 문을 열었다.

"원장님, 저 퇴근해보겠습니다."

원장은 자리에서 일어나 대꾸했다.

"아아… 선생님 고생하셨어요. 오늘 레슨 끝이에요?"

"네… 끝이에요 내일 뵙겠습니다."

“들어가세요. 감사해요, 선생님.”

해리는 허리를 숙여 인사를 하고, 원장실 문을 닫았다. 복도로 나오자 몇몇 학생들이 해리에게 고개를 숙여 인사했다. 해리는 짧게 웃으며 손을 들어 보였다.

건물 복도 끝에 있는 엘리베이터 앞에 섰을 때, 주머니 속 휴대 전화가 울렸다. 이서 엄마였다.

“어, 이서 엄마. 나 이제 가려던 참이야.”

“지현 엄마…”

이서 엄마의 목소리가 잠겨 있었다.

“응, 왜?”

“놀라지 말고 들어…”

그 말이 끝나기도 전에 차가운 불안이 해리의 가슴을 움켜쥐었다.

“지금 응급실 왔어. 지현이가 오븐에…”

해리의 심장이 덜컥 내려앉았다. 이서 엄마의 말이 채 끝나기도 전에, 해리는 소리쳤다.

“어디 병원인데!”

“백병원 응급실…”

그 말을 들은 순간, 해리는 달리기 시작했다. 엘리베이터를 기다릴 틈도 없었다. 4층 복도를 벗어나 비상계단으로 향했다. 계단 난간을 움켜쥔 채 계단을 뛰어 내려갔다. 굽 낮은 단화가 콘크리트 계단에 부딪히며 딱딱한 소리를 냈다. 몇 번이고 발목이 꺾였지만 개의치 않았다.

지하주차장에 도착하자 해리는 가방을 뒤적였다. 차 키가 잡히지 않았다. 가방을 그대로 엎어버렸다. 지갑, 화장품, 거울이 바닥에 떨어졌고 마지막으로 차 키가 떨어졌다. 해리는 차 키와 지갑을 움켜쥐고 달리며 버튼을 연달아 눌렀다.

주차장은 아무런 소리도 나지 않고 고요했다.

그제야 생각이 났다. 오늘 차를 두고 나왔다는 사실을. 해리는 숨을 고르지도 못한 채 고개를 돌려 다시 비상계단을 올랐다.

학원까지 올라가려다가 잠시 고민을 하고 일층으로 가 건물 밖으로 나섰다. 겨울 햇살이 길게 늘어진 그림자를 만들었다. 해리는 곧장 뛰기 시작했다. 차가운 바람이 뺨을 스쳤고, 숨이 거칠게 터져 나왔다. 하늘은 아직 완전히 어둡지 않았다. 노을 직전의 빛이 건물 유리창에 닿아, 마지막 햇살을 반사시키고 있었다. 도로 옆 화단에는 녹지 못한 눈이 군데군데 남아 있었고, 그 사이로 차가 지날 때마다 바람이 눈가루를 흩날렸다.

해리는 도로를 건너며 주변을 두리번거렸다. 택시가 보이지 않았다. 버스나 배달 오토바이가 낮은 엔진음을 남기며 그녀를 휙 지나갈 뿐이었다. 해리는 십 분 거리에 택시 정류장이 있다는 걸 떠올리고 그쪽으로 뛰기 시작했다.

차가운 공기 속으로 입김이 길게 흩어졌다. 눈가에 눈물이 맺했다. 그러나 금세 바람에 부딪혀 날아가 버렸다. 그녀는 머리카락을 손으로 쓸어 넘기며 계속 앞으로 달려갔다.

몇 분이 지나고 달리던 와중에 인도의 건너편에 택시 한 대가 서 있는 게 보였다.

해리는 잠시 멈춰서 손을 흔들며 크게 불렀다.

"택시! 여기요!"

하지만 소용이 없었다. 횡단보도 신흐는 아직 빨간불이었다. 해리는 숨을 몰아쉬며 신호등을 올려다봤다. 그 짧은 순간, 왼쪽 발목이 욱신거리며 통증이 밀려왔다. 주변을 살폈다.

차들이 보이지 않았다. 그녀는 잠시 더뭇거리더니 빨간불인 횡단보도를 건너기 시작했다.

처음 몇 걸음은 뛰었으나 곧 절뚝였다. 더 이상 발목이 말을 듣지 않았다. 걸음이 점점 무거워지고, 나중엔 발을 질질 끌며 걸었다. 횡단보도에 중간지점이 되자, 택시가 조금 더 가까워졌다. 해리는 손을 들어 다시 외쳤다.

"아저씨! 여기요!"

그제야 운전석 창문이 내려갔다. 기사의 입이 움직였지만 무슨 말인지는 들리지 않았다.

그 순간, 오른쪽 시야 끝에서 무언가 가까이 다가오고 있음이 느껴졌다. 오른발은 뒷걸음질 쳤는데 왼발은 땅에 붙어 끝내 움직이지 않았다. 뱃고동 같은 소리와 함께 눈앞에서 헤드라이트가 번졌다.

짧은 브레이크 소리와 차가 밀리는 소리가 귀에 스쳤다. 곧이어 무엇인가 크게 부딪히는 소리. 그리고 칼바람이 지나가는 소리가 들렸다. 그 소리들이 곧 멀어지자 주변이 갑자기 고요해졌다. 택시가 저 멀리 뒤집힌 모습으로 보였다. 그마저도 빛이 서서히 번지며 형체를 잃어버렸다.

해리의 눈앞이 하얘졌다.

소리도, 감각도, 아무것도 남지 않았다.

그리고 더 이상 아무것도 느껴지지 않았다.

에필로그

　백발의 남자가 두 손으로 담배를 감싼 채 불을 붙였다. 라이터 불꽃은 겨울바람에 하찮게 흔들렸다. 불이 붙자, 잿빛 연기가 천천히 위로 올랐다. 남자의 표정에서는 아무것도 느껴지지 않았다. 담배를 깊게 빨고, 연기를 내뱉었다. 입김과 담배 연기가 섞여 회색빛 공기 속으로 퍼져나갔다. 검은 상복을 입은 사람들이 왔다 갔다 분주했다.

　남자는 고개를 숙인 채 한참 동안 움직이지 않았다. 그의 발밑에는 셀 수 없을 만큼 많은 담배꽁초가 흩어져 있었다. 대부분은 축축하게 젖어 있었지만, 몇 개는 아직 끝부분에서 연기가 가늘게 올라오고 있었다. 바람이 불 때마다 그 연기는 잠시 흔들렸다가 금방 다시 똑바로 세워지듯 올랐다. 마치 끊어지지 않는 무언가처럼. 남자는 바닥을 바라보았다. 자신이 언제부터 이렇게 많이 피웠는지조차 기억하지 못하는 표정이었다.

남자의 다리에 힘이 풀려 잠시 쪼그려 앉았다. 찬 바람이 불어와 얼굴을 때렸다. 이혼을 만류하였으나 듣지 않았던 딸을 홧김에 오랫동안 보지 않았지만. 그래도 세상에 단 하나뿐인 딸이었다.

그때 누군가가 남자의 어깨에 조심스레 손을 얹었다. 반사적으로 고개가 들렸다. 그의 앞에는 한 노인이 서 있었다. 여든은 훌쩍 넘어 보였다. 팔과 다리가 조금씩 떨리고, 등이 앞으로 굽어 있었지만, 그 눈빛만큼은 또렷했다.

남자는 순간 그의 얼굴을 알아보지 못했다. 기억을 더듬듯 눈을 몇 번 깜빡였다. 그러다 번쩍 스치듯 떠올랐다.

"아…!"

그가 입술을 달싹이자, 노인이 손을 건네며 말했다.

"자네는… 옛날 모습 그대로구먼."

남자는 급히 손을 잡고 허리를 숙였다.

"사장님, 어떻게 오셨습니까."

노인은 그 말에 작게 웃었다.

"자네 위로해주고, 마지막으로 인사하고 싶어서 왔네."

남자는 당황한 듯 고개를 숙였다.

"사장님 건강도 안 좋으신데… 와주셔서 감사합니다."

노인은 천천히 고개를 젓고는 말했다.

"퇴직한 지 언제인데… 아직도 나를 그렇게 부르나."

바람이 불어 두 사람의 옷깃을 건드렸다. 담배꽁초 위에 남아 있던 연기가 옅게 흩어졌다. 노인의 손은 차갑고 가늘었다. 하지만 잡은 어깨의 힘만큼은 오래전 그 시절 그대로였다.

"담배… 아직 태우십니까?"

남자가 조심스레 물었다. 노인은 잠시 눈을 가늘게 뜨더니 입가에 미소를 걸었다.

"지금까지 피웠으면 진작에 죽었을걸세."

남자는 고개를 끄덕였다.

"그렇죠…"

노인은 잠시 그를 바라보다 말했다.

"오늘만큼은… 같이 태우겠네. 옛날처럼."

남자는 잠시 멈칫했지만 곧 주머니에서 담배 한 갑을 꺼냈다. 그러고는 그 안에서 한 개비를 꺼내 노인에게 건넸다. 노인은 떨리는 손으로 그것을 받아 입술에 물었다. 남자는 라이터를 꺼내 뚜껑을 열어 불을 붙였다.

'짤깍—'

라이터 불꽃이 흔들리며 피어올랐다. 그는 불꽃을 노인의 담배 끝에 가져다 댔다. 불이 붙는 순간, 노인이 그를 바라보며 말했다.

"자네… 아직도 이 라이터를 쓰는구면."

남자는 손바닥 위의 라이터를 내려다보았다. 오랜 세월에 빛

바래 그림은 거의 지워져 있었지만, 글씨만큼은 또렷하게 남아
있었다.

'대통령 경호실'

"인생이 그렇네… 끝나기 전까지는 아무도 몰라."

노인이 하늘을 우두망찰 바라보며 말했다. 남자가 대답이 없
자 한 모금을 더 빨아 뱉으며 그의 어깨를 토닥였다.

"자네 탓이 아닐걸세."

"…그렇겠죠."

마지못해 대답한 남자는 땅을 바라보다가 손에 쥔 라이터 뚜
껑을 습관처럼 열었다 닫았다.

'짤깍─'

그러고는 이를 안주머니에 쑥 밀어 넣으며 담배 연기를 뿜었
다. 하늘로 올라가던 담배 연기가 바람에 꺾여 남자의 얼굴을 훑
고 지나가 남자가 짧게 눈을 감았다.

악인은 없다

이동희 지음

발행처   도서출판 청어
발행인   이영철
영업   이동호
홍보   천성래
기획   육재섭
편집   이설빈
디자인   이수빈 | 구유림
인쇄   정우인쇄

등록   1999년 5월 3일
         (제321-3210000251001999000063호)

1판 1쇄 발행 2026년 2월 28일

주소   서울특별시 서초구 남부순환로 364길 8-15 동일빌딩 2층
대표전화   02-586-0477
팩시밀리   0303-0942-0478
홈페이지   www.chungeobook.com
E-mail   ppi20@hanmail.net

ISBN   979-11-6855-432-0(03810)

이 책의 저작권은 저자와 도서출판 청어에 있습니다.
무단 전재 및 복제를 금합니다.